光文社文庫

異変街道（下）

松本清張プレミアム・ミステリー

松本清張

光　文　社

目次

31

常吉と庄太とは、夕方近く、西山の湯治場に着いた。

その朝、下部《しもべ》の宿を出て、富士川の渡しをわたり、早川に沿って歩いてきたのだった。

宿は信濃屋だった。

「親分、甲州の湯治場というと、どうして、こう、川のそばばかりでしょうね？」

庄太が障子を開けて眺めながら言った。

下部の宿もそうだった。山がすぐそこにふさいで、息がつまる感じだ。

「はじめは珍しいと思いましたがね。こうなると、からっと広え《ひれ》江戸の空が恋しくなりましたよ」

「おめえの言うとおりだ。少々、山にも倦《あ》いたな」

常吉は宿の着物に着替えながらいった。

「それも、三浦さんの行方がわかると、まだいいんですがね。どうも、この家にもいねえようですぜ」

「おめえは眼が早え。もう調べたのか？」

「へえ。この家に入るなり、その辺を何となく見てまわったんです。泊まっているのは百姓ばかりで、武士は一人もいねえようです」

「ここにいねえとなると、あとは、ずっと北のほうだ」

「もしかすると、甲府から江戸に帰ったのかもしれませんぜ」

「そんなことはあるめえ。まあ、こちらも半分は湯治にきたのだ。遊びながら歩いてるうちには、何とか様子がわかるかもしれねえ」

女中が晩の支度《したく》をききにきた。

「すぐ、湯に入るから、一本つけて出しといてくんねえ」

庄太が代わりにいった。

「この辺も山女魚《やまめ》かい？」

「はい、そうです」

頰のあかい女中はこたえた。

「ちぇっ、どこへ行っても山女魚だ」

「おい、文句をいうな。おめえ、江戸の刺身には飽き飽きしたから、こいつはありがてえ、と言って喜んでいたじゃねえか」

「山女魚も、こう三度三度じゃ、うんざりしますよ」

常吉と庄太とは、階下《した》の湯壺に降りた。

中には先客が二、三人いる。自然の石をかこった湯壺のぐるりには、粗い板戸が回されていた。屋根の隙間から空がみえる。

「夜、宿を出て行ったままだと」

先に入っていた客同士が話していた。

「子供じゃあるめえし、まさか、神隠しに遇ったんじゃあるめえ」

「そこだよ」

つれの男が答えていた。

「なんとも面妖《めんよう》な話だ。荷物はそのまま宿に置いてあるそうだがね。これで、もう、三日帰らねえという」

「なんでも、江戸からきたお武士《さむらい》さんだそうじゃねえか。まさか、足を踏みすべらして川に墜《お》ちたわけでもあるめえ」

「それだと、どこかで死骸が流れてるはずだ。ふいと出て行ったきり、影も形も見えねえというのは、気味のわるい話だな」

「この山の奥に、天狗《てんぐ》でもいるのかえ？　そら、よく、山に出かけると天狗にかどわかされるというじゃねえか」

「うむ、そんな話は聞いた。樵夫《きこり》の衆がよくいってることだが、それはよほどの深山だ。夜出かけた、道不案内な人間が、そこまで脚を踏み込むわけはねえ」

常吉と庄太の耳が、その声に吸いついた。二人は、暗い中で思わず眼を見あわした。

「もし、お客人」

先に声をかけたのは常吉だった。先客の二人は、常吉の顔を湯気の中からみすかした。

「ちょっとおたずねしますが」

「へえ」

向うでは、見知らぬ常吉と庄太をじろじろと見ている。

「いま、ちらとおうかがいしたんですが、どういうお話でしょうか？」

「…………」

「なんでも、江戸から見えたお武士《さむらい》さんが行方《ゆくえ》知れずになったとかだそうで」

今度は、先客二人が顔をみあわせていたが、

「いえ、なに、そんな噂を宿で聞きましたのでね。本当かどうか、わたしどもには
わかりません」

と妙に尻込みをはじめた。

「すると、この宿に泊まった客人なので？」

「そういう話です……へい、ごめんなさい」

二人は怖れるように、湯壺から急いであがった。

「庄太、聞いたか？」

「三浦さんですね」

「それにちげえねえ。これから宿の者に詳しく訊いてみよう」

常吉は湯でざぶりと顔を洗うと、湯壺の中でたちあがった。

「はい。どうも合点のいかない話でございます」

宿の主は五十過ぎだった。常吉と庄太が差し向かいで坐っている膳の横に、几《き》帳面《ちょうめん》に膝をそろえていた。

「ちょうど、今から六日ばかり前からお泊まりになったお客さまでございます。こう、まだお若い、色の白い、それは立派なお武家さまでございました」

「名前は何とおっしゃる方ですか？」

常吉は聞いた。二人とも箸を置いて、主のほうに向かっていた。

「へえ、宿帳には高野市蔵さまと書いていただきましたが」

庄太はそっと常吉の眼を見た。

「その高野さまは、やはり湯治でここに見えたんだろうね？」

常吉が質問をつづけた。

「さようでございます。お一人でいらして、しばらくここで養生したいからとおっしゃいました。まことにお静かな方で、こういう山の中ですから、さぞ、ご退屈だっただろうと思います」

「別段、友だちはなかったのだね？」

「へえ。ああそういえば、この隣に大和屋という同商売の宿がございます。たしかお泊まりになってから三日目の晩だったと思います。そこにお泊まりの、やはり、お武家さまでございますが、こちらのお客さまを訪ねてお見えになって、お二人で酒を召し上がっておられました」

「ほほう。どういう身分の人だね。やはり、江戸から見えた人か」

「いえ。その方は甲府勤番のお山方《やまかた》で、河村百介さまと申します。これは始終この辺をお役目でおいでになるんで」

今度は常吉と庄太の眼がからみ合った。河村百介といえば、自分たちが甲府で会ったあの武士だ。銀之助の行方をきいたとき、デタラメを教えた人物である。

常吉の顔が緊張した。

「なるほど。で、その晩二人は仲よく話をしていたんだな」

「へえ。河村さまのほうから地酒の徳利を提げて、そのお武家さまをお訪ねになったくらいですから」

「それから、どうした？」

「あれは、一刻《いっとき》ばかりお話し合ったでしょうか。河村さまは、そのまま隣の宿にお帰りになりました。すぐそのあくる日は、お山方のお役目で、その宿もご出発になったと思います」

「では、三浦……その高野さまというのは、ここに一人で残っていらしたんだな」

「さようでございます。ところが、お客さま。その夕方でございます。高野さまがぶらりと外におでかけになりましてね。てまえの傭人《やといにん》がそれをお見かけしましたが、ちょうど、その晩は月がございまして、退屈なあまりその辺を歩いてお帰りになるんだろうと、別に気にもとめなんだそうでございます」

「どこへ行ったか、誰も見届けたものはなかったかね」

「へえ。ちょうどそのころは、てまえのほうも忙しい最中でして。お客さまにお膳を出すやら、自炊《じすい》の方《かた》には煮炊《にた》きのお世話をするやらで」

「それからだね、その人が戻らなかったのは？」

「さようでございます。てまえのほうも、ずいぶん夜遅くまで起きてお待ちしたのですが、とうとう朝方までお戻りになりませんでした。この辺は別に遊び場もなく、また、この奥には泊まるような宿もございませんので、おかしなことだと思っておりました。でも、若いお武家さまのことですから、輿に乗って夜通し歩き、朝にでもお帰りかと思っておりましたが……お客さまはそれきりでございますよ。いまだにお帰りがございません。万一のことがなければいいがと、案じているところでございます」

「高野さまの部屋はどこだね？」

「へえ、この突きあたりの間でございます」

「ご主人、こいつは難儀なたのみだが、ちょっと、その高野さまの荷物を見せてはもらえないだろうか？」

「え、あなたさまが？」

「そういっちゃ悪いが、やはり、わたしも江戸からきた人間だ。お武士《さむらい》さまとわれわれとは身分も違うが、同じ江戸の人間が災難に遭ったと思えば、心持がよくねえ。なに、荷物の中を検《あらた》めさせてもらおうというんじゃない。ただ一眼だけ拝見したいのだ」

「それならよろしゅうございます。では、どうぞこちらへ」

三人は、ほとんど同時に立ちあがった。

亭主が案内したのは、廊下を突きあたった八畳ばかりの間だった。この宿で一番いい部屋らしい。荷物は床の間に固めてきちんと置かれてあった。振分けの荷が一つはそのままに、一つは着がえの衣類が几帳面《きちょうめん》に畳んで、包みからあらわれていた。

常吉はその荷の傍へ行ってすわり、じっと見つめていた。

あくる朝、常吉と庄太とは、身軽なかっこうで宿を出た。

路は今まできたのとは反対の方角だった。正面に高い山が重なっている。この西山が行き詰まりかと思うと、まだこの先があるというのだ。台里という名前を宿で教えられてきた。

一風変わった村だという。永いこと普通の里人と交際しないので、言葉も、習慣も違っているというのである。その台里が、いよいよ人の住む最後の土地で、それからは、いま正面に見える見上げるような山にかかると聞いていた。

銀之助がどちらへ歩いたかはわからない。しかし、常吉のカンでは、ここより奥へむかったような気がする。

路は細かった。両方が山林で、しばらくは耕した畠も田も見えない。人も歩いていなかった。

「親分、どうして三浦さんは夜なんぞにぶらりと出たんでしょうね？　もし行くのだったら、わっちどものように昼間《ひるま》出かけなかったんでしょうね？」

庄太が歩きながらきいた。

「うむ、そいつはおれも謎だと思っている。しかし、月が出たというから、退屈まぐれに、そのへんを歩きたくなったのかもしれねえ。それが思わず遠くまで足がのびたということもある」

「それにしては、湯壺でいっていたように、天狗にさらわれたか知らねえが、戻ってこないのは妙ですね」

「何か異変があったには違えねえな。おめえ、その前の晩に、甲府の河村とかいう勤番武士が三浦さんを訪ねてきたのを聞いたな」

「へえ、あれはおかしいと思いましたよ。何かかかわり合いがあるんでしょうか？」

「今のところ、どっちとも判断はつかねえ。しかし、あの河村という武士は、おれたちに三浦さんの行った先をわざわざ間違えて教えたりして、油断のならねえ男だ」

「そうですね。何か企んでいそうですね」

「お山方《やまかた》とかで、山を見まわってるそうだが、三浦さんが出たのも、河村から何か聞いたのかもしれねえ」

「栄吾さんのことですかえ？」

「おめえもそう思うだろう。おれもその辺が臭えと思っている」

「すると、河村は三浦さんに何か吹き込んで、危害を加えたんでしょうか？」

「まあ、待て。そうせっかちに占いの筮竹《ぜいちく》を繰《く》ってもいけねえ。もうちっとばかり様子を見てみよう」

二人は二里近く歩いた。すると、山懐《やまぶところ》にぽつぽつ家の屋根が見えてきた。

「親分、あれが台里という村でしょうね？」

庄太は眼を凝らして言った。

「そうだろうな。どうやら、畠もぽつぽつ見えてきたぜ」

人の住んでいる環境になってきた。畠もつづくようになるし、家もはっきりと見えてきた。

その家の前の路を通ると、これはまるで人がいない村のようだった。うすら寒い冬の陽の中にしんと静まり返っている。どの家も厚い土塀を回し、中が外からのぞかれなかった。

「親分、なんだか気味の悪い村ですね？」

「そうだな」

「どうしたんでしょうね？　村だというと、たいてい、子供ぐらい道端で遊んでいますぜ。ここは猫の仔一匹見えません」

「これ庄太、大きな声を出すな」

常吉はたしなめた。

「塀の間から、おれたちを見ている奴がいる。知らん顔をして、ずっと歩くんだ」

二人は路に沿って行った。家は両方に並んでいたり、片側だけだったり、また山の斜面沿いに段々に建てられたりしていた。

「おや、えらく大きな家がありますぜ」

庄太は、小さな屋根の中からひときわ大きな藁葺《わらぶ》きを見つけた。

「まるで、この辺のお寺みてえですぜ」

「えい、黙って歩くんだ」

常吉は叱った。

「ほうぼうの家の中から、おれたちの姿を見ている」

ようやく、道端に村の人間らしい男が立っていた。手拭で頬被《ほおかむ》りしているが、年寄のようだった。

「親分」

庄太は小声できいた。

「あのおやじさんにきいてみましょうか?」

「そうだな」

庄太は声の下から走り出した。

常吉はあとから近づいて会釈《えしやく》をした。庄太は老人から何かしきりときいている。常吉が傍にくるまでもなく、話が終わって庄太は戻ってきた。

「分らねえそうです」

彼は報告した。

「この村に他所《よそ》者が入れば、たいてい眼につくそうですが」

「そうか。まあ、いい。ずっと歩け」

「しかし、親分、路はすぐそこでどん詰まりだそうですぜ」

「えい、歩くんだ」

常吉は、自分が先に立つように脚を速めた。

「おい、庄太」

しばらく歩いてから常吉は、やはり小さな声で言った。

「今の百姓は、頰被りして眼だけを出してるが、おめえ、どこかで見たような顔だとは思わねえか？」

「親分もそれに気がつきましたか。実は、あっしもそう思ってました。しかし、まさか、こんなところに、以前に遇った人がいるはずがありませんからね」

常吉も庄太も、いま遇ったばかりの年寄りの姿に小首を傾《かし》げた。

対手は頬被りで眼だけを出している。だが、どこかで出会ったようなおぼえがあるのだ。それが、今、どうしても思いだせない。

「まあ、いいや」

常吉は言った。

「おれとおめえに憶《おぼ》えがあるようじゃ、いずれ正体はわかってくる。それよりも庄太、もう少し先まで行ってみよう」

「そうですか。何だか、あっしは気味が悪くなりましたよ」

「おめえが弱気を吐くのは無理もねえ。どうも心持のよくねえ村だ。だが、そんな素振《そぶ》りを見せるじゃねえぞ。平気な面《つら》をして歩くんだ」

「わかりました。これからどこに行きますかえ？」

「この辺の山林を見にきた材木屋の番頭みてえな顔をするんだ。いいか、村の者に聞かれたらそう言え」

「合点です」

「とにかく、どこまで行けるかこの道を行ってみよう。おい、気をつけろ。まだ、おれたちをのぞき込んでいるぜ」

家は普通の村の造りと変っていた。高い土塀《どべい》をまわして、その奥に藁屋根《わらやね》がのぞいているのだが、見えない人間の眼が二人の周囲に集まっているようだ。

道が行きどまりとなった。

その先はこんもりとした林だ。

「親分、いよいよ、これまでですぜ」

「うむ、そうだな」

「引っ返しますか？」

「待て待て。同じ道を戻るのも曲のねえ話だ。見ろ、すぐそこからわかれた径《こみち》が山のほうへついているじゃねえか。そっちをしばらく登ってみよう」

庄太はその山を見上げた。人間ひとりがやっと歩けそうな径が山の斜面をはうようにして伸びている。

草は黄色く枯れて、松、杉などの樹林が黒みがかった茶色でおおっている。

二人はその径を登った。

登るにつれて台里の村落が下に沈んでいく。山の間に黴のように取り付いた村の屋根が真上から見下ろせたが、人間の影のないことは同じだった。

「庄太、まっすぐに歩け」

常吉はここでも注意した。

「おれたちからは見えねえでも、下のほうでは、おれたちを見ているんだ」

「へえ。しかし、この径はどこに行くんでしょうね」

庄太が心細がるのは無理もなかった。かたわらは截《き》り立ったような断崖で、その下を渓流が水音を立てていた。その深い渓谷を越した向う側は、この山よりもさらに高い断崖となっていて、雲の垂れ込めている壁のような高山に連なっているのだ。この山は西山の部落から正面に屏風のように高く連なって見えていたものだ。

「親分、だんだん心細くなりますぜ」

庄太は言った。

「熊でも出るんじゃねえでしょうな」

足もとには熊笹がいっぱい生えて、径も隠れがちだった。それに、林が陽をさえぎって暗くなったりする。

ここまで登っては来たものの、どこへ行くのか見当もつかなかった。むろん、出遭う人間もいないのだ。

「まあ辛抱しろ」

常吉も前方をうかがいながら言った。

「そのうち、炭焼きの男にでも出遭うかも知れねえ。せっかくきたついでだ、もう少し先まで行ってみよう」

二人はゆっくりと進んだ。路は熊笹の間を急な坂になって細々とつづいている。やがて断崖ともわかれ、深い山林の中に入って行った。察するところ、この路は山を取巻いて幾つも曲りながらつけられているようだった。

台里の村もいつのまにか見えなくなった。四方は深い木立ちで、ともすると方角も見失いそうである。一筋の径《こみち》が唯一の頼りだった。

「親分、こりゃ際限《きり》がありませんぜ」

と庄太が言った。

「この分じゃ、ほんとに熊に出遇いそうです」

「そうだな」

常吉も庄太の言う通りに引返す気持になった。

「それでは、この辺で一服して帰るとしようか」

常吉が熊笹の上に腰をおろしたときだった。

「おや？」

何を見つけたか、庄太が急に下にかがみこんだ。

「親分、こんなものがありましたぜ」

庄太は拾ったものを掌に載せて常吉に見せた。

「おや、櫛《くし》じゃねえか」

常吉も眼をみはった。

「そうです。それも、この辺の百姓女がつけてるような櫛じゃねえ。よく見てごらんなせえ」

常吉は手に取った。黄楊《つげ》の櫛で、粋なつくりにできている。

常吉は裏を返したりしてそれを見ていた。

「どうです、親分？」

そばから庄太がのぞきこんで口を添えた。

「おめえの言うとおりだ。こりゃ江戸の女だな」

「あっしもそう睨《にら》みました」

「おめえの目利きと、おれの鑑定とは合っている」

「親分もそう思いましたか。江戸の女でも素人のじゃねえ。水商売の女のものですぜ」

二人は顔を見合わせた。

「庄太、こうなっちゃこのまま帰られねえな」

常吉はいった。

「もう少し先に行ってみよう」

「そうですね。この櫛の様子からすると、まだここに落ちて間もねえようです」

「うむ。炭焼の女房がこんな櫛を頭に挿してるとは思われねえ。ひとつ、その正体を見届けようじゃねえか」

常吉が先頭にたった。

枯草はまだ長かった。ともすると路が草の間に埋もれてわからなくなってくる。

二人は気をつけながら上った。

「おい、庄太。下を見て歩くんだ」

常吉はうしろから来る庄太に注意した。

「まだ何が落ちてるか分らねえ。気をつけて歩け」

「へい、合点です」

路は幾つも曲っていた。二人はいつのまにか背中に汗をかいていた。

「親分」

寂しくなったのか、庄太がうしろから話しかけた。

「江戸の女が、どうしてまた、こんな山の中に迷いこんで来たんでしょうね？」

「おれもそれを考えていたところだ。どうも不思議でならねえ」

「まさか、村の奴らが通りがかりの江戸の女の髪から抜いて、女房にやったんじゃねえでしょうな？」

「さあ、まだ何とも言えねえな」

「いったい、この径はどこまで上ってるんでしょうね？」

「おれにも見当がつかねえ。路がついてるから、いずれどこかには出るだろう」

「この奥に、また別な集落でもありますかえ？」

「かたまった家はねえだろうが、炭焼小屋ぐれえはあるかもしれねえ」

そのうち、坂は途中の平らな場所に出た。そこからは多少の展望がきく。いままで樹でさえぎられて分らなかったものが、林が切れたので俄かに明るい陽といっしょに風景が展《ひら》けてきた。

下は襞《ひだ》の多い山裾の重なりである。こちらの谿《たに》と向かい側の谿とが流れ合い、壮大な谿谷《けいこく》を見せていた。

常吉も庄太も思わずそこに立ち停まった。

「おい庄太。いい眺めだな」

「そうでござんすね。眺めもですが、随分、高いとこに上ってきたもんですね」

「うむ、かなり高いな」

「まだこの上を登りますか？」

庄太はふたたび路を見上げた。

「もう少し様子を見てみよう。なあ、庄太。おめえ、拾ったこの櫛で、何か胸の中に浮ぶことはねえか？」

「そうですね」

庄太は考えていたが、

「突飛なことかもしれねえが、あっしは、向両国《むこうりょうごく》のお蔦《つた》のことを何となく思い出しました」

「おめえもやっぱりそうか。実は、おれもそれを考えていたところだ」

「でも、まさか、お蔦が……」

「そうだ。まさか、あの女がここに来るわけはねえ。だがな、庄太。この櫛には、おれもぼんやりと見おぼえがあるような気がする」

「え、なんですって？」

「お蔦は、再三、おれの家にきた。栄吾さんのことで探索の次第を聞かせてくれと、脚を運んだのだ。そのとき、お蔦の髪に載《の》っていた櫛が、たしかこれに似たものだと思っている」

「そんなら親分……」

庄太は常吉の顔をまっすぐに見た。

「うむ、あの女のことだ、ひょいとすると、おれが甲州に出たと聞いて、あとから追っかけてきたのかもしれねえ。なにしろ、栄吾さんのことでは気ちげえのようになっていたからな、ありそうなことだ」

「親分、そいつは親分の思い過ごしですぜ。まさか、お蔦がこんな山の中にへえってくるわけはねえ」

庄太は一応否定したが、頭からわらいはしなかった。

常吉も半信半疑だった。庄太の言うとおりお蔦がここに来るはずはないのだ。

だが、たとえ、お蔦が彼の後を追ってきたにしても、この山中に彼女の櫛が落ちている道理はなかった。下部、西山と順を追ってこなければならないのだ。しかし、櫛がここに落ちている以上、常吉が足を踏み入れる以前にお蔦は通っていることになる。

また、彼女がこの山中に登ってくる理由は何一つ考えられなかった。甲州にはまったく土地の知識のない女なのである。

「おや」

庄太が短かく叫んだ。

ちょうど腰を上げて歩き出したときだ。

「親分、あれは何んでしょうね？」

庄太の指さした方角に煙がのぼっていた。黒い煙だ。それが深い山林の間から一筋立ち昇っている。ここからはかなりな距離だった。

「炭焼きでしょうか？」

「炭焼きにしては煙が少し大きいな」

常吉も眼を凝《こ》らした。

「そんなら、野焼きでしょうか？」

「いや、野焼きにしちゃあ、ちっとばかり煙が大きいようだ。それに野焼きの煙は青い色のはずだ。見ろ、あれは真黒だぜ」

「すると？」

「そうだ、家が焼けているのだ」

「火事ですかえ？」

「江戸の火事なら景物だがの、この山の中じゃ、いよいよ面妖《めんよう》なことだ。ちょっと行ってみるか？」

「火事と聞いちゃ、江戸でも山の中でも、じっとしていられません。親分、急いで行って見ましょう」

「うむ。だが路はあるかえ？」

「家があるからには路はついてるにちげえねえ。あっしの考えでは、この径は少し登って、またあっちのほうに岐《わか》れているような気がしますよ」

「よし、急げ」

庄太は煙を見て、急に元気づいた。更にそこから熊笹を分け、樹の間を登った。

庄太の予想に間違いはなかった。あるところまで登ると径は二つにわかれている。

「こっちですね」

その径は右手にのびていた。

歩いて判ったのだが、その径は山腹に沿ってつけられ、谿《たに》から谿をわたっていることだった。

　煙はかなり薄くなっている。

「親分、どうやら山火事でもなさそうですね？」

「そうだな。あのぶんじゃ、燃え落ちて自然と消えたところだな」

「急いで行ってみましょう。それにしても、あの煙は、下の村からも見えたにちげえねえが、誰もかけつけてくる様子はありませんね？」

「そうだ、おれたちだけだな」

　そう言ったあと、常吉は何ともいえぬ嫌な予感に襲われた。

　その予感は現場に到着して的中した。

　焼けた家が崩れ落ちた恰好のまま、まだ煙を上げている。

「やっぱり炭焼き小屋ですね」

　庄太が見つめていった。

「そうだ、あまり大きくはねえようだ」

「おや、二棟のようですね」

「うむ。一つは炭俵を詰めた小屋だ。見ろ、積んだ俵が真黒になって焼け残っているじゃねえか」

「不用心な話だ。いったい、この家の者はどこへ行ったんでしょうね」

「おれも、いま、それが気になっている」

「山の奥に木でも切りに行ったんでしょうか？」

「それなら、この煙を見て、すっ飛んで帰りそうなものだが」

「そうですね。この煙なら何処に行っても見えるはずだ。それにいまだに戻ってこねえとすると、ずっと遠方に行ったのでしょうかね？」

「そうかもしれねえ。しかしその留守にどうして火が出たのかな」

「囲炉裏《いろり》の火の不始末でしょうか？」

「どうも、わからねえ」

常吉はまだ煙の上っている跡をひととおり歩いた。無人の家ではない。家財道具も一しょに焼けているのだ。蒲団の布片《きれ》がキナ臭いにおいを上げていた。

「親分」

突然、庄太が顔色を変えて飛んできた。

「大変だ」

「どうした？」

「こ、こっちにきておくんなせえ」

庄太は常吉の手を引っぱった。

「あれです」

常吉は庄太の指す方向をのぞいて、あっと声をあげた。

男と女とが樹の枝にくくりつけられて、丸太棒のようにぶら下がっている。

33

常吉と庄太は、樹から垂れ下がっている二つの死体に近づいた。

死体は丈夫な枝に荒縄でくくられていた。

変死体には見馴れている二人も息を詰めた。

一人は四十ぐらいの男で、一人は三十四、五の女だった。二人は頸《くび》に別の縄をまかれ、眼をむいて息絶えていた。

町なかでなく、これは山の中の出来事である。

「親分」

庄太のような男でも尻込みした。

「ひでえことをするもんですね」

「うむ」

常吉もうなった。

「まったく酷いことをする」

岡っ引生活は長かったが、かつてこれほど残虐な殺害死体を見たことはなかった。

「こりゃ普通の殺しじゃねえ」

常吉は唾をのみ込んでいった。

「仕返しだな」

「あっしもそう思います」

二人は二個の死体から眼を放さなかった。

「どうやら、炭焼きのようですね」

「うむ。家を焼かれた上に、ここで仕置を受けたのだ」

「仕置ですって？」

「庄太、おめえ、さっきの村を見ただろう？」

「台里とかいう村でしょう。気味の悪い村だと思いましたが、やっぱりこういうことがあったんですね。あの村の連中がやったのでしょうか？」

「大方、そんなことだろう」

常吉はうなずいた。

「こんな山の中だ。代官所の役人も眼が届かねえにちげえねえ。勝手な真似ができるはずだ」

「どうしたんでしょうね？」

「何か掟《おきて》にそむいた罰かもしれねえ」

二人はようやく落ち着いて、死体の傍に行き、下からそれを観察することができた。

「これは今朝だな」

彼は判断した。

「下手人は、おそらく三、四人だろうな。人間の始末をして、家を焼いたのだ」

「そうですね。だが、この夫婦者が何をやったというんでしょう？」

「そいつはまだ判らねえ」

「親分、さっき拾った櫛に関係があるんでしょうかね？」

「うむ」

常吉は思案した。

「さっきの櫛がお蔦のものだとすると、お蔦もどうかされたんじゃないでしょうかね?」

「それにしては、ちっとばかり筋があわねえようだ。おい、庄太。念のためだ、その辺を少し探してみよう。お蔦の死骸が寝てるかもしれねえから」

「へえ」

さすがの庄太も気味悪そうに草の間を探した。冬山だから、枯れた草の間を探すのにはそれほど骨は折らなかった。

「親分、見つかりませんぜ」

常吉も庄太とは反対の方角を探していた。

「やっぱりそうか」

二人はまたいっしょになった。

「あれほど煙が上がっても、村の連中がここに誰もこねえはずだ」

「親分、これから山を下りて、代官所の役人に知らせてやりましょうか?」

「まあ、よせ」

「けど、親分……」

「おれたちは江戸の岡っ引だ。知らぬ顔で通そうぜ」

「そうですか」

「余計な手出しをすると、今度はおれたちが狙われるかもしれねえ。いや、それでなくとも、おれたちがここに上ってきたのを村の者は知っているのだ」

庄太は思わず麓《ふもと》のほうを振り返った。風に叢《くさむら》が気味悪くそよいでいた。

「しかし、仏をこのままにしても置けめえ。おい、手を貸せ」

常吉が袖《そで》をたくった。

「どうするんですか？」

「樹から下ろして、土の中に埋めてやるんだ」

「親分、そんなことをしちゃ、余計にこっちが危なくなりますぜ」

「だといって、見ねえうちならとにかく、これじゃあんまり今夜からの寝ざめがよくねえ。さあ、庄太。おめえ、樹に登って、上の綱を切ってくれ」

「へえ……」

「何をぐずぐずしてる。早いとこやるんだ。まさか、仏を土に埋めたからといって、おれたちに危害をくわえる奴らでもあるめえ」

風が吹いた。

杉林の梢の先が揺れていた。それがまるで二人の作業を妨害するように映った。

山は険しかった。お蔦はあえぎながら登った。

着物は樹の枝に裂かれ、足は木の根につまずいて裂けた。いつか櫛も頭から落ちて失った。

河村百介は、身軽に先のほうを登っていく。灌木《かんぼく》の繁みがつきると、岩肌の露《あら》われた急な斜面となり、転石が谿を埋めていた。

河村百介はその石の上も楽に渡って行く。

お蔦は彼からかなり離れた斜面を逼《は》い登っていた。

「もし、少し待っておくんなさい」

お蔦は耐えきれずに下から叫んだ。

河村百介はふり返ってニヤリと笑った。

「おい、どうした、江戸の姐《ねえ》さん」

彼は嘲《あざけ》るように石の上に立っていた。

「気はたいそう強えが、脚はそれほどでもねえようだな」

お蔦は呼吸《いき》を切らしていた。手の先や足に血がにじんでいた。

眼もくらむような高い場所だった。向い側の山頂が水平をみせているのだ。その高さから比較して、いま登っている場所の位置がわかった。風も麓とはちがって激しい。

河村百介は石に腰をかけ、煙管《きせる》を取り出した。その腰に矢立が差し込まれてあった。

お蔦がようやく彼の傍にきたとき、百介は煙草を喫《す》い終り、煙管をしまいかけていた。

「もう少し……」

彼女は荒い呼吸を吐きながらいった。

「ここで少し休みたいんです」

顔色が蒼くなっていた。

百介はお蔦の乱れた頭とせわしない息づかいを、たのしそうにじろじろ眺める。

「そう、一々休んでばかりいては仕事にならねえ。だが、可愛いおめえのことだ。仕方がねえ」

「栄吾さまは、ほんとに、この山の中にいるんでしょうね？」

「いるとも。もうちっとばかりの辛抱だ」

「一目逢えばそれでいいんです。あとはどうなっても構いません」

お蔦はかなしそうな顔をした。本来なら、もう栄吾には顔向けもできない身体になっていた。お蔦には或る覚悟がついていた。だが、それは、栄吾とたとえ一言でも話をしてからである。

彼女の瞳が、放心したようになる。

「どうだ、山の中は？」

百介は思い返したようにまた煙管を取り出した。

「江戸の道とは、ちっとばかり違うだろう」

「………」

「おれは、こういう山の中ばかりしじゅう歩いている。とんと山猿同様よ。情ねえ話だ。これでも吉原あたりで、さんざん道楽してきた人間だからな」

百介は灰がらを吹いた。

「これで、おれが、おめえに執心《しゅうしん》したわけもわかるだろう。こんな山の中ばかり歩かされていると、頭の中も身体もどうかなりそうだ……といって、一生江戸には帰れねえ身だ。そこへ、おめえのような女がおれの前に出てきた。おめえが慕っている栄吾には悪いが、ちっとはおれの気持も察してくれ。なあ、お蔦。そのかわり、約束どおり栄吾のところには必ずつれて行く」

「河村さん」

お蔦はいった。

「おまえさん、ほんとに知っているんでしょうね？」

「栄吾のいるところか？」

「その言葉につられて、あたしはあなたのいうとおりになりました。もう、この身体はどうなっても構いません。ただ一目だけ、栄吾さまに逢えれば本望です」

「おれは、約束は守るほうでの」

百介はじろりとお蔦の横顔を見た。

「必ず、つれて行く……これからも少々つらいぞ」

「いえ、構いませぬ。どんな辛いところでも随《つ》いて行きます。栄吾さまがほんとに生きていらっしゃるのなら、どんなことでもします。本当に生きていらっしゃるんでしょうね？」

「これ、大きな声を出すな」

百介は低い声でしかった。

「めったなことは言われないのだ。お蔦、考えてみろ、公儀が栄吾の死を正式に発表したのだ。この裏の秘密は、おれだけが知っている」

「…………」

「これだけをおめえにしゃべっただけでも、おれの笠の台がふっ飛んでしまう。その上に生きている栄吾に引き合わせてみろ。おれの首は磔台《はりつけだい》ものだ」

お蔦が唇をかんだ。

「な、お蔦。おれの心にもなってみろ。おめえのために、これほどの危ない橋を渡るのだ。ちっとは察してくれ」

「ええ……」

百介が手を伸ばすと、お蔦は眼を閉じた。

転石は無数に積み重っていた。この谿《たに》を渡って行くだけでも、お蔦には容易ではなかった。うっかりすると、足が石から滑り落ちそうになる。百介は馴れているとみえて、敏捷《びんしょう》に石から石へ伝っていく。お蔦はすこしの距離を行くのにも必死だった。

不用意に乗った石が、身体の重みをのせると、ぐらぐらと動き出す。

「あっ」

思わず声が出た。

百介が向うの岩に立って、面白そうにお蔦の姿を見ていた。藻掻《もが》いている女の姿態を、特別な場面の眼つきで鑑賞している。

「おっと、そこは危ない」

百介が近づいてきて手を差しのべた。

「そっちの石に乗るんだ。ほれ、そいつは、ぐらつくぜ」

お蔦は百介の手を懸命に握り、重心をかけた。とたんに離れた足の下から、大きな石が音をたてて谷底へ転がり落ちる。

お蔦は気が遠くなりそうだった。

「気をつけろ」

百介は面白そうに言った。

「こいつは命がけだぜ」

転石の谿《たに》を渡り終えても、お蔦の激しい動悸《どうき》はやまなかった。

「おれはこれでも馴れてるからな。はじめのうちは命からがらだったよ」

彼は笑っていった。

「これからもあることだ。そら、しっかりとおれの手を握って放すんじゃねえぞ」

場所はふたたび灌木《かんぼく》になった。杉、松の樹林と変ってゆく。

鴉《からす》が、はるか下のほうを飛んでいた。

「栄吾さまは、ほんとうにこんなところにいるんですか？」

お蔦は心細げな声を出した。

「一旦、死んだと公報された人間だ。人目のつくところにいるはずはねえ。それともおめえ、おれでは安心がならねえというのかえ?」

「いえ、そういうわけではありませんが……」

「ここまで、おれといっしょにきたからには、どうせおれとは何処までも道づれよ。なあ、お蔦」

百介が握っていたお蔦の手を力強く、ぐいと手もとに引っぱった。

「あっ」

お蔦は百介の腕の中に抱きこまれた。

百介はお蔦の身体を横抱《よこだ》きにすると、脚をかけていっしょに草の上に倒した。

「いや!」

「おめえ、まだ栄吾をそれほど想っているのか、憎らしいやつだ。やい、お蔦。これからおれが、おめえの恋慕《れんぼ》を断ち切るように馴らしてやる……」

百介は、もがくお蔦の両腕を枯草の上におさえつけ、女の顔を犬のように舐《な》めまわした。

34

「山根伯耆守《ほうきのかみ》が出府したそうな」

ぼそりと口を利いたのは、松波筑後守《ちくごのかみ》正春だった。

松波は幕府の大目付を勤め、切支丹類族御改《きりしたんるいぞくおんあらため》を兼ねている。大目付は高三千石の旗本からえらばれ、役料七百俵である。

上麻布日ケ窪の筑後の屋敷には、御林奉行《おはやしぶぎょう》金田采女《うねめ》が呼ばれていた。

四十五歳の松波筑後は、茶をたてていた。客は、この金田采女一人だ。茶室の外の庭は枯れていた。

「いつ、出てまいりましたか?」

采女はきき返した。高千五百石の旗本だが、御林奉行は親の代から受け継いでいる。年配も主人の松波筑後とさほどのへだたりはなかった。筑後のほうが、多少、鬢《びん》のあたりがうすい。

「昨日、江戸に着いてな。昨夜、将監《しょうげん》どのの屋敷に行っている」

「やはり、あちらへ先にまいりましたか」

老中《ろうじゅう》に

采女はうなずいた。

将監という名前が出たが、これは老中松平左近将監乗邑《さこんしょうげんのりむら》のことだった。老中《ろうじゅう》に

なってからすでに十数年、勢威絶頂にあった。

「伯耆はまたたいそうな進物をしたそうな」

筑後が茶碗を手でまわし、客へ出した。

「頂戴《ちょうだい》いたします」

采女が黒の楽焼を掌に載せて、軽く推しいただく。

主人は客が喫《の》み終わるまであとの言葉をひかえた。

「けっこうなお加減で」

采女は茶碗を掌で囲ったまま礼を述べる。

自慢の庭だったが、秋から冬へ移って、庭は蕭条《しょうじょう》としていた。主人の好みで、樹の根元にわざと落葉を積んで溜めていた。青い色といえば、采女がかかえている黒茶碗の中に揺れている緑色だけだった。

「もう、そこまでお耳に入りましたか」

采女が喫《の》み終わった茶碗を静かに畳の上に戻し、話のつづきを起した。

「さすがに早うございますな」

「仕事だ」

筑後は眼じりに皺《しわ》を寄せて軽く笑った。

「その進物の表は桐箱に山菜を詰めたように見せかけているが、これはずしりと重かったそうな」

「小判でございますか？」

「いや、もそっとたいそうなものだ。金塊が三つ……」

「ほう」

客は愕《おどろ》いた。

「そこまでおわかりで？」

「わからないでどうする」

と切り返すような眼つきで笑う。

「さようでございましたか」

御林奉行はほっと息をついた。

「豪勢……いや、豪勢という言葉も当たりませんな。まるで信じられないことでございます」

「われわれが見たこともないようなものじゃ。将監どのは、至極《しごく》満悦で納められたそうな」

「山根伯耆《ほうき》、だんだんと進物の高が多うなってまいりますな。よほど西の丸老中の席に執心《しゅうしん》がございますな」

「それはいい」

筑後が言った。

「人間、だれしも欲はある。伯耆も、いつまでも甲府にはおりとうはあるまい。だが、その運動につかう賄賂《わいろ》が少々大きい。金塊とはもってのほかじゃ」

「まったく……」

「問題は、今どき、そのようなものをどこから運んだかだ。まさか、家重代のものを持ち出したのではあるまい。伯耆の近ごろの振舞いは、合点がいかぬ」

「それで、てまえも仰せをこうむって、甲斐の山を検分させているのでございますが」

「聞いた」

筑後はこたえた。

「しかし、証拠がつかめないようだな？」

「何とも」

御林奉行は困った表情になった。

「それぞれ手分けして調べさしてはおりまするが、何分、甲州だけは特別の地域にございますれば、他領のようには調べがはかどりませぬ」

「わかっている」

筑後は鷹揚《おうよう》なうなずきかたをした。

「天領《てんりよう》とは申しても、甲斐は秘密が多いでな。うっかり手出しも出来ない。前から当惑していたが、山根伯耆のやりかたは何とも腑に落ちぬよ」

「まったく、さように存じます」

「伯耆の手土産が、甲斐の産物であることは間違いない。わしも、こないだから、ある男を甲州の領内に入れている……」

「そのことは、先日来、あなたさまより承っておりましたが」

御林奉行金田采女は、筑後の横顔を鋭く見た。

「その後、その者より連絡などございましたか？」

「ない」

筑後は短かく答えたが、浮かない顔つきだった。

「もしや」

採女は気がかりそうに聞いた。

「不慮の変事でも起ったのではございませぬか？」

「わからぬ」

筑後は答えたあと、低声になった。

「じつは、その男は、二人目でな……はじめて、あなたに明かすが」

金田采女の顔は筑後の次の言葉に色を変えた。

「先に入れた一人は、どうやら殺されたらしい」

「と、申されますと」

「山根伯耆よりその男の死亡届があったでな」

「では、伯耆はその者の素性を知っていたのですか？」

「気付いたのかもしれぬ。もっとも、その男は表向きには不行跡のかどで甲府勤番を命じたのだが。……その命令も前から出しておいた。それで、当人もかなり江戸で放埒《ほうらつ》をしていたようだ。この辺に手落ちはないと思う。だれが見ても、甲府流しになる自然の名目はついていた」

「…………」

「わしは、伯耆からその男の死亡通知がきたと知らされたとき、これはやったな、と思った」

話しながら、筑後は眼を天井にすえた。

「現地で死んだのだ。江戸で事情がわかるはずはない。こちらは甲府勤番支配の言い分をのみこむほかはない」

「死亡の原因は何と付いていましたか？」

采女が息をのんだような声で聞いた。

「病いにかかり、役宅で息を引き取ったというのだがな」

「…………」

「しかし、采女殿。これには、他にちがった情報が入っている」

「と、申されますと？」

「甲府での話じゃ。現地に行って調べてみると、伯耆の報告とは少しちがう。当人は死んだことになっているが、病気ではなく、山にでかけたとき、崖から墜ちて絶息したそうな」

「はて？」

「遺体は役宅には還らず、ただ当人の髪の毛少々があっただけといったがのう。寺も墓もみすぼらしいということじゃ」

「それは、後で潜入した者からの報告でございますか？」

「そうじゃ、その男が江戸を出発して以来、最初に寄越した報告だ。采女殿、どう思われる？」

これは考えがきまった上で、他人の意見を聞くときの質問だった。

「まことに面妖《めんよう》なお話で」

采女が腕をくんだ。

「伯耆殿の報《し》らせとの喰いちがいが、案外、事件の真相を垣間《かいま》見せているかもわかりませぬな」

「そのとおりだ」

と筑後が答えた。

「その頭髪は、甲府よりこちらにも届けられたがな……当時、こちらも甲府の公表を無視するわけにもいかぬ。それで、当人の留守宅に甲府からの通知そのままを伝えておいたが」

「お疑いになっているのは、その最初の男が誰かに殺されているということでございますな」

「わたしはそう思っている」

大目付松波筑後守が断言した。

「誰に殺されたか、そのへんはまだわからぬ。しかし、なぜ殺されたかはわたしにも想像がつく。その男がわたしの命令で甲府の秘密を探ったからだ。それが、その男の命を奪ったのだ」

「あとの者は……」

金田采女が心配そうに聞いた。

「仔細《しさい》ございませぬか」

「さあ、大事ないとは申せまい」

筑後は別なところに視線を移した。狭い明り障子に小さな虫が黒い影をはわせていた。

「前の者の例もあることだ。何ともいえぬ」

「その者の報告は、期間内には決まって参ることになっていますか？」

「その都度の便宜だといい含めてある。いまのところ、途絶えているのが心配だが、不便なところで働いているのかも知れぬ。だが、前の者のことがあるので、先方では余計に警戒しているかもしれぬ」

茶を喫《の》んだあと、主客の話はつづいた。

静かな初冬の午下《ひる》りだった。声は低いし、屋敷の者もおだやかな世間話だと思っている。

「わたしは山根伯耆が甲府に転出する前の生活を調べてみた。内福ではなかったようだった。それが甲府に移って二年目から急に豊かになっている。近ごろは小梅の里に保養所まで作ったそうな」

筑後はつづけた。

「これはどういう理由《わけ》だろう。いや、保養宅くらいならまだいい。将監殿にたいそうな賄賂を使う財源は、いったい、どこから出たのだ？」

「やはり、何かがございますな？」

「ある」

大目付は言いきった。

「だが、その実体がわからぬ。わたしもいろいろ推量してみたが、見当がつかない」

「将監殿は、そのようなものをもらって、不思議には思っておられぬでしょうか？」

「あの仁も欲に目がくらんでいるのだ」

筑後は声を落とした。

「老中職としては、近ごろにないお方だと噂されたものだがな。人物は傑出したほうだ。あなたも知っておられよう、将監がまだ小姓《こしょう》だった時分の話だ……」

「存じております。あれは有名でございますから」

采女は答えて、それをいいだした。

「将監殿が十五歳の年でありました。柳営《りゅうえい》で赤穂の浅野殿が吉良《きら》殿に刃傷《にんじょう》におよんだ際、諸大名が不意の騒動にうろたえて、上様のおそばから離れました。そのとき、小姓の将監殿が大音声《すみ》に諸侯を叱ったそうな。方々《かたがた》、何をうろたえめさる、かかる非常のときこそ速やかに君側にあるべきを、離れるとはなに事でござるか、もし狼藉者《ろうぜきもの》が君の御前に進めばどうなさるおつもりか、と。十五歳の将監の言葉に分別盛りの諸大名が、ようやく気を取りもどしたということでございます」

「ふむ。以来上様よりお目をかけられ、とんとん拍子に出世をした。今では、かつての柳沢殿にも劣らぬほどの権勢だ。名老中も十数年同じ職にいれば、理智も狂うとみえる」

「和歌もよくするお人でございます。世には〝村薄《すすき》の和泉守〟とさえ呼んでおります。……秋寒き佐野の渡しの村薄雪打ち払う袖かとぞ見る。……かような詩情もある将監殿が、伯耆ごときにまるめられるとは、思いもよりませぬが」

「人間、老《お》いてくれば欲が出る。欲が出れば眼もくらむものでな」

筑後がうすく笑った。


同じ時刻。——

甲府勤番支配山根伯耆守は、小梅の寮で鹿谷伊織と酒を飲んでいた。

「将監様はたいそうなご満足だった」

伯耆は上機嫌だった。この話も、先ほどまでここにいた女中たちをさがらせてから始まったのだ。

「それはそうだろう。他には類のない珍物だからな」

鹿谷伊織が酔った眼で答えた。

伯耆守はあまり酒を飲まないが、伊織は酒好きだった。女中たちが去ってからは、ひとりで手酌で飲んでいる。

この辺は夜になると、山の中にでもいるような静けさだった。

山根伯耆守は昨日、甲府から出府したばかりだ。久しぶりにこの寮にきたという安らぎと、老中との面会が上首尾だったという満足とで、たいそう明るい顔をしている。

「その分なら、近々、望みの西丸老中への転職はあるかも知れぬな」

伊織は伯耆にひどくぞんざいな言葉を使っている。元々、以前からの友だちなのだ。

「将監殿の言葉に、そのような臭いはなかったか？」

「いや、あの仁《じん》はなかなか軽率なことは言わぬ。万事、慎重で通ってきた方だ。めったな言質はあたえぬ。しかし、あの機嫌から考えれば、先ず十中八九は、この次の異動で実現するかも知れぬ」

「よかった。これで、お主が西の丸に返り咲きすれば、われらにも運が向くというものだ」

伊織は、山根伯耆守の出世からおのれの開運を夢見ている。彼自身、長いこと不遇のままできている。つまり、伯耆の手蔓から世に出ることを考えている男だ。

「しかし、少々、気懸りなことがある」

伯耆が眉の間に暗い翳《かげ》りを見せた。

「何のことだ？」

伊織はその表情を見つめた。

「大目付の松波筑後守が、動き出しているらしい」

「それは前から聞いている。なに、大したことはあるまい」

「うむ」

山根伯耆は憂鬱そうにうなずいた。

「だが、事は例の一件から根をひいている。また、どうやら一人送り込んだらしいでの」

「ありそうなことだ。実は、おぬしの留守にその辺を妙な奴がうろうろしていた。岡っ引のようだったがな。この庭を見せてくれといったので、おれはわざと中に入れてやったよ。なに、町方がどう動こうと、いっこうに平気だ。おれのほうから手をまわして、この辺の探索から手をのかせた」

「探索？」

「そら、おしゃべりの水茶屋の亭主を始末したことから始まった動きだ。さすがに向うは商売、この辺に目をつけてきたらしいわ」

伊織はつづけた。

「こちらにも少々不手際《ふてぎわ》があったでな。放っておくと何が出るかわからぬので、面倒だからおぬしの名前を出して町奉行の手で話をつけた。なに、上のほうから言えば、下の連中はすぐひっこむ……」

35

常吉と庄太が西山の信濃屋に帰ったのは昏《く》れがただった。

「お疲れさまでございます」

迎えた番頭が二人の顔を見て、

「おや、どうかなさいましたか？」

眼をみはってきいた。

「たいそうお顔色が悪うございます」

常吉は自分の頰をなでた。

「なに、番頭さん。気は強いようでもやっぱり江戸者だ。馴れねえ山を歩いて、くたびれたんですよ」

「それは、ご苦労さまでございます。山と申しますと、台里の奥のほうにでも？」

「なに、遊山気分でその辺を歩いただけだ」

二人は居間にもどったが、庄太はいつもの元気を失い、ぼんやりしている。

二人はしばらくものも言わずに畳の上に坐り込んでいた。

「庄太」

常吉が言った。

「どうした、いやに悄気《しよげ》ているじゃねえか？」

「へえ」

庄太は常吉の顔を見て、

「そういう親分も、番頭がいったように顔の色が悪うござんすぜ」

「そうか。争えねえものだな」

「無理もありません。あんな気味の悪い目に遭ったのは初めてですからね」

庄太は、まだ樹から吊り下がっている男女の死体がうかんでいるような眼つきをしていた。山林を渡って行く風の音も、彼の耳に残っていそうだった。

「おれも初めてだ……出遭ったときはそうでもなかったが、あとから思い出してぞっとするな」

恐怖は、それに遭遇したときよりも、かえってそれが終ったあとで実感が強くなることがある。今の二人の場合がそうだった。

誰もいないところで行なわれている私刑。人の影を見ない村落——代官の手もとどかない場所でなにが行なわれているかわからないという恐ろしさである。

「いくら甲州の山ン中でも、これほどとは思いませんでしたね」

庄太はのんきなほうだったが、今度はよほどこたえたらしい。

「おめえの言うとおりだ。いまどき、お上の手が回らないという土地は考えられねえ。これは何か曰《いわ》くがありそうだな」

「といいますと？」

「別に決った考えはねえが、普通ではねえようだ。わけがなくては、あんな薄気味の悪い土地にはならねえはずだ」

「親分」

庄太が思い出してにじり寄った。

「銀之助さんは、ひょいとすると、あの村に入り込んだんじゃねえでしょうか？」

「おめえもそう思うか？」

「もしかすると、あの樹から吊り下げられていた夫婦者も、銀之助さんとのかかわりあいで殺されたんじゃねえでしょうか？」

「うむ。おれもそんな気がする」

このとき、襖をあけて女中が茶を持ってきた。

「おい、ねえさん。おめえ、そこの台里という村のことをよく知っているかい？」

常吉は二十四、五くらいの女中に訊いた。

「よく知っているというわけではございませんが」

女中は言葉をにごした。

「だが、おめえもここに永くいる土地っ子だ。まんざら、何も知らねえわけでもねえだろう。どうだえ、あの村はちっと変っているようにみえるが、ほんとはどんな様子だね？」

女中はちょっと考えていたが、

「別に、どうと変ったところもございませんよ。ただ、昔、平家の落人が住みついたとかで、言葉や習慣《しきたり》がすこしばかり違います。あとはべつだんのことはありませんせん」

「みんな百姓かえ？」

「そうです。中には山に炭焼きに行く人もありますが」

「ほかの村とは、あまり付き合っていないようだな？」

「はい。いまも申しましたとおり、昔からほかの村とは交際していません。いまだにそれがつづいております」

「庄屋は何という名前かえ？」

「与四郎さんといいます」

「どんな人だ？」

「四十五、六くらいのいたっておとなしい人でございます。庄屋というわけではございませんが、何となく、あの辺の頭分《かしらぶん》になっております」

女中はそう言いながらも、もじもじしている。あまり、その話に触れたくなさそうだった。

「その与四郎さんも百姓かえ？」

「はい。そうです」

「するってえと、お寺みたいに大きな屋根が見えたが、あの家がそうかえ？」

「あら、お客さまは台里にいらしたんですか？」

女中は眼を大きく見開いた。

「なに、通ってみただけだ」

と、常吉。

「だが、なにも、おめえ、そんなにびっくりするにゃ当るめえ。それとも、あの村に、何か悪い病気でも流行《はや》っているというのかえ？」

「いえ、そういうわけじゃございません」

女中はやはり言葉をにごした。

「あんまり思いがけないところにいらしたので」

「思いがけないところといっても、この近くだ。ねえさん、台里の村にはどうやら、何か因縁《いんねん》がありそうだな？」

「いえ、何もございません」

女中は、今度は本気に襖ぎわまでさがった。

「何かご用がありましたら、お呼びくださいまし」

「ちょいと待ってくれ」

常吉がとめた。

「ここに泊っていたお武士《さむらい》は、まだ戻って来ないかえ？」

「あら、そのお武士さんでしたら、今朝、ひょっこりおもどりになりましたよ」

「なに、戻った？」

こんどは常吉と庄太がおどろく番だった。二人は思わず顔を見あわせた。

「それをどうして早くいわねえ」

「ご用があったんですか？」

「用は大ありだ。で、いま、部屋にいなさるかえ?」

「いえ、それが、もう、お発《た》ちになりましたので」

「なに、発った?」

二人はまたびっくりした。

「いつだね?」

「宿におもどりになってから、すぐでございます」

「おかしいじゃねえか。神隠《かく》しにあったなどと人を騒がせておいて、ひょっこり帰るとすぐに宿を出るというのは、どういう了簡《りょうけん》だろう?」

しかし、女中が対手《あいて》では話にならなかった。常吉は、すぐに主人を呼んでくれと女中に伝えた。

宿の主人が代って出た。

「御亭主、例のお武士は、今朝、もどったそうだな?」

「へえ、さようでございます。いや、てまえもそれでやっと安心いたしました」

「安心するのは構わねえが、なぜ、おれたちが外から帰ったときに、それをいってくれねえのだ?」

庄太が横から口をとがらした。

「へえ、それは、申し上げようと思いましたが、なんだか、ご気分がお悪いようなので、つい、言いそびれましたので」

「そうか。そいつはこちらが悪かった」

と常吉がおだやかに出た。

「で、帰ったときの、その人の様子はどうだったね？」

「なんだか、普通ではございませんでした。てまえがいろいろお訊ねしても、あんまりはっきりとお答えにならなくて、すぐ、この宿を引き払うから、とおっしゃいました」

「どこに行くと言っていました？」

「すぐ、甲府のほうに戻る、というようなお話でしたが」

「甲府に？」

常吉は小首をかしげた。

「はてね、なんでまた甲府に舞い戻りなすったのかな」

「てまえも詳しくうかがおうと思いましたが」

と亭主も言った。

「なにしろ、そのお武士さんの様子がタダ事とはみえませんでしてね。てまえも、つい、事情をおききすることができなかったのでございます」

亭主の話は常吉にも納得ができた。銀之助のとりみだした様子まで、ありありと見えるようだった。

「客は何か言い置いて行きましたかえ？」

「別に、なにもおっしゃいませんでしたが」

「わたしどもが、そのお武士さんのことを気にしていたとは伝えてくれませんでしたか？」

「じつは」

と亭主は頭をかいた。

「そんな具合で、てまえもついうっかりと……」

常吉はうなずいた。

「いや、お世話をかけました」

亭主は出て行こうとして、ふいと、思い出したようにつけくわえた。

「そうそう、そう言えば、お武士《さむらい》さんは隣の大和屋に泊っていらっしゃる河村さまと会うはずだったが、都合で出立することになったから、よろしく伝えてくれとのお言づけがありました」

「なに、河村さまと？」

常吉はまた庄太と顔を見あわせた。

「すると、お武士さんは、河村さんとそんな約束でもあったのかな？」

「そんなふうなごようすでございました。でも、いま使いを大和屋にやりましたところ、河村さまも山からおもどりになっていないようです」

亭主は襖をしめて廊下に出た。


日が昏れてから、河村百介は台里の家に戻った。

「お帰んなさいまし」

傭人《やといにん》が役人を迎え入れた。

百介は、ふだん、横柄《おうへい》な男だが、今は余計に口をきかない。不機嫌な顔でむっつりと草鞋《わらじ》をぬいだ。

大きな家なだけに傭人も多い。その一人が彼を居間に案内した。昨夜から泊っているので、勝手のわかった部屋だ。

さっそく、酒が出た。

「与四郎はいるか？」

彼はきいた。

「へえ、おります」

「手がすいたら、ここまできてくれ、といってくれ」

「かしこまりました」

河村百介は疲れていた。酒を二、三杯たてつづけに茶碗であおった。

ふうと太い息を吐く。

「ごめん下せえまし」

障子が開いて入ってきたのは、与四郎ではなかった。

「なんだ、おまえか」

年寄は百介の前ににじり寄った。

「お帰んなさいまし」

ちらりと見たが、行灯の火影《ほかげ》に映った役人の横顔はやつれている。

「お疲れでございましょう」

「うむ」

むっつりとしている。

「旦那、昨夜はいかがでございました？」

年寄は眼尻に皺を寄せた。

「うむ」

「だいぶ、お愉しみのようでございましたが」

と百介の顔をのぞき込む。

「弥助」

「へえ」

「あれはたいへんな女だ」

「と申しますと？」

「せっかく、馳走してくれたがな、えらい目に遭った」

「旦那、そりゃ身の果報でございましょう。やはり江戸の女。ねっとりした肌の具合といい、年増加減といい、さすがの旦那も降参されましたな」

「ばかをいえ」

百介はにこりともしなかった。

「あれは、おめえが拾ってきたそうじゃねえか？」

「へえ、あの女がそう申しましたか。べつに拾ったわけじゃございませんが、つい、ここまで道づれになって参りましたので」

「嘘をつくな。何もかも女から聞いたぞ」

「へへへへ。しかし、旦那。わたしの才覚があったからこそ、旦那もひと晩じゅうおたのしみになったじゃありませんか」

「そのあとがいけねえ。とうとう、山まで引っ張って行くような羽目になった」

「そうだそうですね。若けえ者から、あとで聞きました。女もよっぽど旦那にはまいったようで」

「ばかめ。それとは訳がちがう。山にまでついてきたのは、ありようを言えば、ほかに目当ての人間があったからだ」

「といいますと？」

「鈴木栄吾というおれの友達よ。たしか、このへんの山で、崖から落ちて死んだことになっている。あの女は、その男の情人《いろ》だ。それを聞いて、何もかも興ざめだった」

「で、山にまでおつれなすったのは？」

「つい、おれも女をだます気になってな。その男がこの山の奥に生きていると言って聞かせたのだ」

「生きている？」

弥助は眼を光らせた。

「いや、思いつきだ。あんまり情人《いろ》のことばかり言うから、おれも癪《しやく》で、たぶらかしてみたくなったのだ。さあ、それからがいけねえ。山まで従いてきたのはいいが、女は気狂いのようになって、どうにもこうにも手がつけられなくなった。おれも始末に弱ってな。いまさら嘘だとも言えねえ……」

「そういえば、旦那は一人でお帰りになりましたね。女はどうしました？」

弥助は百介の横顔をじっとにらんだ。

「女か……」

百介の表情がにわかに暗くなった。眼にも陰惨な翳《かげ》が宿っていた。

「旦那」

弥助は膝を乗りだした。

「女はどうなされました？」

百介は答えないでいる。弥助はその表情を穴のあくほど見すえていた。

36

河村百介は黙ったまま茶碗酒をのんでいる。

百介の眼は、弥助の視線を避けていたが、その瞼《まぶた》のあたりは黝《くろ》ずんでいた。

「旦那」

弥助は追及の手をゆるめなかった。

「あれほどおめえさんが可愛いがった女だ。おめえさん独りで帰りなすったのは、どういう理由《わけ》でしょう。まさか、山で喧嘩が始まったわけじゃございますまいね？」

百介の唇が嗤《わら》うともなくゆがんだ。

「いまも言った通り、少々可愛いがり過ぎたせいか、うるさくつきまとってきたのだ」

「それで面倒になったんでござんすかえ？」

「まあ、そのへんだな」

「それで、どう結着がつきました？」

弥助が膝を乗り出すのを百介はじろりと見た。

唇から茶碗をはなして、

「別れた」

とひと言《こと》いった。

弥助は百介の口許を見つめる。やはり鋭く、

「それはまた、お気のはええことで。もう喧嘩別れですかえ？」

「うるせえから帰したまでだ」

百介が茶碗を畳にすえた。

「弥助、おれはお上の御用で山に行っている人間だ。遊びに行っているんじゃねえ。御用の邪魔になる女を、いつまでもつれてまわるわけにはいかねえ」

「ごもっともです。さすがお役人だ。御用第一にお勤めなされるところは恐れ入りました。しかし、旦那、女と別れなすった場所はどこでしたかえ？」

百介の瞳がうろたえた。

「そうだな、あれは岩鼻のわかれ径だ」

咽喉を動かして答えた。

「岩鼻のわかれ径ですと？」

弥助は小首をかしげた。

「だいぶん、麓のほうですね」

「そうだ。対手は女だからな。そこまでは見送ってやったのだ」

「女は帰り路をよく知っていましたね？」

「それはおれがていねいに教えてやったのだ」

「女はすなおに帰りましたかえ？」

「少々、手こずったがな。しかし、おれも、そうそう女の機嫌《きげん》ばかりとっているわけにはいかねえ。仕事があるでな」

「へえ」

弥助は思案顔でいた。

「何か、おめえ、納得《なっとく》がいかねえことがあるのかえ」

百介は弥助の顔をじろりと見た。

「へえ。岩鼻のわかれ路だと、台里の村はずれです。そこには五兵衛という百姓が住んでいます。その女がその路を通ったとすると、五兵衛の眼に止らねえはずはねえ。さっき、じつは五兵衛に会ったが、そんな話はしませんでしたがね」

「おおかた五兵衛という百姓が留守だったのだろう」

「いいえ、五兵衛がいなくても、女房はしじゅう家の中におります。あの女房は、わが家の前をとおる者は何でも覗き見する女です。あの江戸の女はこの辺では見かけねえ別嬪《べっぴん》だ。身装《みなり》もちがっている。五兵衛が留守でも、その嬶《かかあ》の金壺眼《かなつぼまなこ》に入らねえはずはねえと思いますがね」

「えい、いい加減にしろ」

百介は大きな声を出した。

「おれが女と別れたのはどうでも岩鼻だ。それから先は女の鼻の向きしだいだ。五兵衛夫婦に会おうと会うまいとおれの知ったことか」

「なるほどね。旦那も情《じょう》のねえ人だ。たとえ一夜でもねんごろに抱いた女を途中から放り出すとは、よっぽど気の強えお方ですね」

「…………」

「いったい、その女は旦那の後をどこまでついて行きましたかえ?」

「うるせえ奴だな」

百介は茶碗の縁から口をはなした。

「裏山の頂上まで行った。それから先は女の足ではとても歩けねえ。足手まといになったのはそれからよ」

「すると、あの峠から径がいったん下りになって、濃鳥山の急坂《きゅうざか》にかかるはずだ。

あの辺からは深い谿になっていますがね……」
弥助はひとりごとのようにつぶやきながら百介の表情に起る変化をうかがってい
た。
百介は返事をしなかった。とり合わぬ顔で茶碗酒をあおっていた。
しかし、弥助はねばった。
「旦那は岩鼻で女を帰したあと、やはり、その径《みち》を戻って行かれましたので？」
「そうだ、いつものとおりにな」
百介は茶碗に徳利をかたむけた。
「近ごろ、江戸のほうからきつい達しがきていてな。御林奉行から甲州一帯の山林
を調べてくれという度々のお達しだ。それで、わしも難儀な山を歩いているのだ」
「お役目ご苦労でございますな」
弥助はあいさつした。
「旦那のご苦労もさることながら、あの女は、わっしが途中からここまでつれてき
たのです。旦那が黙って帰されたと聞いて、ちっとばかり納得がいかねえんでござ
いますよ」
「なに、納得がいかねえと？　ふむ。おめえ、おれがあの女を黙って帰したのに文

何でもあるのか」

「そうじゃございませんが、それから女がどこへ行ったか、少々心配なのでございます」

「弥助、ほどほどにしろ」

河村百介はいらだった。

「おれの女だ。よけいな心配をするな」

「なるほどね。煮て喰おうと焼いて喰おうとおめえさまの勝手だとおっしゃるんですね」

弥助はあわてずに、じんわりと出た。

「しかし、旦那。そいつは少し筋がちがいやしませんか。なるほど、おめえさんが江戸からつれてきた女なら何も言うことはねえ。だが、あれはわっちがここまで拾ってきたのだ。一晩、おめえさまに夜伽《よとぎ》をさせたが、それはこっちのもてなしです。女の身体《からだ》ぐるみ始末していただこうとは申しませんでしたからねえ」

「なに、始末だと?」

百介は眼をむいた。

「何を言うのだ。おれはあの女を江戸に帰しただけだ。ふむ、弥助。大きな口をきくな。聞けばおめえが、あの女を誘拐《かどわか》して来たんじゃねえか。おれはかわいそうになって、ていねいに道を教え帰してやったまでだ」

「なるほどね。ものは言いようですな……じゃ、旦那、もう一度念をおしますが、たしかに、旦那はあの女と岩鼻のわかれ径でお別れなすったんですね？」

「人間、年齢《とし》をとると、話がくどくなるものだな」

弥助はうなずいたが、眼は光っていた。

「へえ、それでようやく分りました。こいつは、どうも永いことお邪魔しましたね」

弥助はわざとらしく手を突いた。

「へえ……それでは、お寝《やす》みなせえまし」

弥助が去ってからも、河村百介は酒を浴びるように呑んでいた。それは、何かを無理に振り切るような呑みかたであった。酒は強いほうだが、今夜の酔いは早かった。二本の徳利を空けたが、最後の一滴を呑みほすと、彼はくずれるように横たわった。

誰もこの部屋には近づかなかった。酔いつぶれた男に、掻巻《かいまき》一つ上から掛けてやる者もいない。畳は、酒のしずくと食べ散らした残りものが散乱し、狼藉《ろうぜき》をきわめた。

夜はふけていった。川の音だけが聞えてくるが、これは百介の高い鼾《いびき》で消された。

半刻《とき》もたったころ、切断したように鼾《いびき》が止んだ。

しばらくそのまま静かになったが、突然、異様なうめきが百介の口から洩れた。

「う、うう」

だらしなく拡げた手だったが、にわかに拳をにぎり、痙攣《けいれん》したように震えた。

「う、うう」

口をゆがめて、筋張った手が胸を掻きむしるように動いた。

百介は畳の上を苦しそうに寝返っていたが、にわかに、

「うわアっ」

と大声を上げた。

当人の眼が開いたのは、自分の叫び声のせいであろう。むっくりと起き上ったが、暗い部屋をこわい眼つきで睨《ね》めまわしていた。

行灯《あんどん》はとうに消えたままになっている。暗い座敷に、うす明りがどこともなく洩れていて、障子の白さがかすかににじみ出ていた。

百介は額に流れている汗を袖でぬぐった。ふっ、と息を吐いたが、胸には激しい動悸がうっていた。

いきなり、手を伸ばして徳利をにぎったが、酒が残っていないと知ると、放心したようにそれを投げ出した。

首筋には、虫が這うような感触で冷たい汗が流れていた。――

百介が次に眼をさましたときは、雨戸の間から明るい陽が洩れていた。

睡ったのは暁方近くだった。眼が血走っていた。

百介は畳の上に起き上った。頭の芯が痛む。咽喉が渇いて乱暴に手をたたいた。

廊下に足音が聞えたのはしばらく経ってからだった。襖の外に人がうずくまった。

「お呼びでございますか？」

傭人の声だった。

「水をくれ」

「へえ」

傭人が引き返して土瓶を持ってきたのを、百介は呑み口から咽喉を鳴らして水を流した。

「旦那さま、雨戸をお開けしましょうか？」

「いま、何刻だ」

「へえ、そろそろ午《ひる》近くでございます」

「そんなに睡ったか」

「よくお寝みになりましたもので」

「酔っていたからな」

弱味はみせなかった。

傭人が雨戸を繰《く》ると、明るい陽が一どきに部屋に流れ込んできた。畳の上の無残さが眼にしみた。

「弥助はいるか？」

百介は昨夜の記憶がよみがえってきた。

「へえ、弥助は今朝早くから出立《しゅったつ》いたしました」

「なに。この家にもう居らぬのか。どこへ行ったのだ？」

「江戸に帰ったようでございます」

「畜生」

百介は舌打ちをした。

「与四郎はおらぬか？」

「与四郎さまは裏のほうにおられます」

「ここへこいと申してくれ」

「かしこまりました……旦那さま、ここを少し片付けたいと思いますが。その間にお顔でも……」

「よし」

百介は廊下へ出た。髪は乱れ、眼も一晩で落ちたように窪んでいる。頭にはまだ重いものをかぶったような気持だった。

庭下駄をつっかけて裏手にまわった。

家も大きいが庭も広かった。すぐ裏に小さな川が流れている。竹の筧《かけい》からは清水が落ちていた。顔を洗うと、冷たい水が熱を持った頭に快よかった。

(幽霊め)

百介は昨夜の幻影にむかって叫んだ。

(出てくるなら出てこい)

明るい陽が山に当たっていた。百介の眼はそこから見える山の稜線を追っていた。

(出てこい。逃げも隠れもせぬ。おれはここに立っている)

彼は二つの稜線が落ち合っている一点を凝視した。

（おれはこうして見ている。さあ、出るなら出ろ）

稜線の上には雲がゆったりと動いていた。山は、枯れた黄色と林の茶褐色とを斑《ふ》にして色を重ねている。

このとき、百介はふと赤いものが眼の前をよぎって行くのを覚えた。彼は視線を移した。

あっ、と思った。

一人の老人が樹の間を歩いている。白い髯の年寄だった。が、赤い色彩は老人のものではなく、そのそばについている若い女だった。百介があきれたのは、その女の横顔の美しさだった。

37

大目付松波《まつば》筑後守《ちくごのかみ》が謡本《うたい》を見ながら、鼓を打っていると、家来が襖ぎわに坐った。

「ただ今、三浦銀之助どのがお目通りを願っておられます」

筑後は鼓を下した。

表情が変った。にこやかだった顔色が急に引きしまった。

「どんな風采でいる？」

取次にたずねた。

「はい。ひどくお疲れのように見えます。衣類も旅のままの身装《みなり》です」

筑後は眼を外に向けた。屋敷は高台にあるので、下町の屋根の上に夜の空がひろがっていた。

「疲れているなら、茶などとらせよう。茶室に通せ」

筑後は、それから少し稽古をしていたが、茶室に入ると、銀之助が坐っていた。

「戻ったか」

銀之助が手をついていた。行灯の灯に照らし出されたその半顔を筑後が凝視して、

「やつれたな」

声だけはあかるく、炉の前に坐った。

「何日になるかな？」

筑後がきいたのは、銀之助が江戸を出てからの日数だった。自分でも数えていたらしい。

「十四日目になります」

筑後は柄杓《ひしゃく》で釜の湯加減をみていた。

「報《し》らせは読んだ」

筑後はぼそりと言った。

「甲府から差し立てたのが一回。あとは来なかったようだが」

「わたくしが山の中に入っておりましたので」

銀之助は答えた。

「ほかに連絡の方法もなく、そのままになってしまいました。このたび、急に帰ってまいったのも、その後の様子をご報告にあがったのでございます」

「便りがないので、心配はしていた。そなたのことだから、多分、連絡のできないところに行っているとは思っていたが」

「滅多なことは書けませんので、こうして立ち戻りました」

「ご苦労であった」

「まだ深いところまでは、突き止めてはおりませぬが、栄吾の死の不可解さはやっとわかりかけました」

「うむ」

「甲府より出した報告で、栄吾の死に現地での喰い違いがあることは、申し上げておきました」

「見た」

「喰い違いは、やはり甲府勤番支配山根伯耆守さまの細工かと存じます」

「うむ」

筑後はうなずいて、点《た》てた茶を銀之助のほうへ差し出した。

「頂戴つかまつります」

銀之助が茶碗をかかえている姿を、筑後はじっと見た。

「山根伯耆といえば」

筑後は言った。

「二、三日前、甲府より出府してのう。さっそく、例の老中のところに挨拶に出頭したらしい」

例の老中とは、もちろん松平将監乗邑《のりむら》のことだった。

「そのときの手土産が、金塊三つじゃ」

銀之助が茶碗を置いた。

「奴、相変らずやりおる。ほとんど傍若無人だ」

「ご老中も、その進物にご不審はなかったのでしょうか？」

「そこだて。あの悧巧《りこう》な人が眼をふさいでござるのは、やはりそれ、人間の我欲というものだな。もとは立派な方だったが、老中も十数年勤めていると、やはり欲に呆《ぼ》けてくるらしい」

ここまで言って筑後は、気づいたように、銀之助に話の後をうながした。

「まだ、しっかりとはわかりませんが」

銀之助は控え目に話し出した。

「甲府では、栄吾が山で墜死したようになっております」

「どこの山か、分らないのか？」

「その点は、どうしても探り出せません。これは、わたしの考えですが、栄吾は身延の裏山から北の方角にむかったように思われます。つまり、花屋の亭主が身延の裏山で迷ったとき栄吾に出遭っておりますが、手がかりはそのへんにあると存じます」

銀之助は詳しく話した末に言った。

「もし、栄吾が死んでいるなら、もとよりそれは過失ではなく、人手にかかったものと信じます。死亡の日付の喰い違いが何よりその証明です。それで、遺骸も永久に発見されないと存じます」

「それは栄吾の素性が敵にわかったからか？」

筑後はきき返した。

「わたくしには栄吾がその目的を遂げたときに殺《や》られたように思われます」

「目的？」

「つまり、栄吾は或ることを探し当てたと思います。彼は山ばかりを歩いていましたゆえ、その実体をついに突き止めたと思います。このときが栄吾の最期だったと思います」

「うむ。下手人は？」

「あるいは甲府筋の者かも存じませぬ。栄吾が突き止めたものは、山根さまが老中に進物する秘密の根源だったと推察されますから、それも十分に考えられます」

「何かほかの意見がありそうだな？」

「ございます」

銀之助は言った。

「もしかすると、山根さまと結託《けったく》をしている別の者かもわかりませぬ」

「くわしく言ってみてくれ」

「わたくしが宿をとっていた西山という湯治場の先に、台里という場所がございます。平家の落人が祖先とかで、いまだに近隣との交際をやっておりませぬが、その村がどうやらわけありげに見えまする」

銀之助はここで、自分が観察した台里村の有様を言った。

「まだ、しかと証拠は握っておりませぬ。だが、ほかとの交通を絶っているその村が秘密を持っているとすれば、はなはだそれは守りやすいかと存ぜられます」

銀之助はここで、あの晩、台里村の近くに行って、山に燃えている炎に近づいたことをいった。特別な、村の行事のようだった。

その火の行事は、台里の祭りにむすび着いているようだ。彼はそれに近づいてからの遭難を語った。

「追手は不思議な迫力を持っておりました。もとより、山村では、他郷の者に行事をのぞき見されるのを厭《いと》う風習はございます。しかし、わたくしが感じたのは、それ以上の殺気でございます。追われながら、それをじかに感じました。あの祭はよほど厳しいものと思いました」

「どういう祭り神であろうな?」

筑後は瞳を銀之助の顔にまっすぐに当てていた。

「されば、ただいま思い出しますのは、小梅の里に青日《あおひ》明神と申します祠《ほこら》がございまして、これは諏訪明神の末社になっております。不思議なのは、そこで見かけました絵馬でございますが、この図柄が金槌《かなづち》でございました」

「金槌だな？」

「さようでございます。この同じ絵馬を見たのは、小梅だけではございませぬ。甲州街道の黒野田の宿場の近くでも見ましたし、身延街道の路傍でも同じものを見ました」

「小梅から甲州街道、身延とつづいているわけだな？」

「さよう。江戸から、その台里まで、点々と同じ絵馬が分布されているのでございます」

「すると、銀之助、その火祭りというのは、青日明神とやらが神体なのか？」

「そのように考えられます。それに、西山できますと、その行事はきまって十二日が月次祭《つきなみ》と申しておりました」

「十二日が月次祭とな。はてな？」

筑後がつぶやき、じっと眼を沈めて考え込んだ。

「十二日……十二日」

筑後はしきりと首をひねっている。

銀之助が言葉をはさむ余裕はなかった。筑後の様子があまりに真剣なのだ。釜の湯が鳴っていた。その沈黙を破ったのが筑後自身だった。彼は膝をたたいて小さく叫んだ。

「わかったぞ」

「は?」

「銀之助」

筑後の顔には微かなたかぶりがうかび出ていた。

「十二日と甲州とは、切っても切れぬ縁《えにし》じゃ」

銀之助にはまだわからなかった。

「わからぬか。甲州は武田信玄の開いた国じゃ。十二日とは、何あろう、信玄の死んだ日じゃ。信玄は、天正元年四月十二日に死んでいる」

銀之助のほうが、あっ、と思った。茫然としていると、その耳に筑後のやや荒い声が流れた。

「信玄は、三方《みかた》ケ原において権現さまの三河勢に大捷《たいしよう》し、信州駒場まできたときに陣歿した。愛臣山形昌景《やまがたまさかげ》を枕元に呼び、明日はそなたの旗を瀬田に立てよ、とうわごとを言いのこして息を引きとった。信玄は死ぬまで入洛を夢見ていたのだ。その夢が彼の生命と共に滅したのが、まさに四月十二日だ。銀之助」

「はい」

「その台里の村は、武田家とは密接な関係があろうぞ」

松波筑後がそのあと銀之助に言いつけたのは、専心にこの探索に従事することだった。

「前の栄吾の例もある。そなたが潜入したことは、もう敵も気づいているにちがいない。いや、敵はひとりだけではない。そのほかに山根伯耆がいるでな」

筑後は説き聞かせた。

「山根は西の丸老中を狙っている。そのため老中に貢物している。問題はそこだ。山根めも、甲府の一部に残っている不思議な一党に気づいたにちがいない。もともと悧巧《りこう》な男だからな」

銀之助は聞いていた。

「ところが、山根は持ち前の狡《ずる》さで、その一党と手を組んでいると思う。それで、こちらから潜入させた栄吾も悲運に遭ったのだ。いわば敵は前と後にいる。銀之助、そなたも気をつけたがいい」

「ご訓戒、じゅうぶんに心得ております」

「どうだ、そのような心当りはなかったか?」

「それはいろいろなかたちで感じました」

「そうだろう」

筑後は深くうなずいた。

「わしは、そなたが栄吾の二の舞にならぬよう心配している。そこで、今度は姿を変えて甲府に入るがよい」

「てまえもさように思っておりました」

「問題は連絡方法じゃ。甲府から飛脚に托するは、そろそろ危険になった。それに急な場合、そなたが一々ここに報告に戻るのも肝腎の働きをにぶらせる。だれか適当な者はいないか」

「てまえもそれを考えましたが、心づきませせぬので」

「はて」

筑後は思案していたが、

「男ではいかぬ。男だとこれは目立つ。女のほうがいいな」

ひとり言のように言った。

銀之助が黙っていると、筑後は急に顔を上げた。

「銀之助。たしか、鈴木栄吾には許婚者《いいなずけ》があったな？」

「はい。深谷作之進の娘、幸江さまです」

「そうであった。その幸江という女は、栄吾に心をひかれていたか？」

「今でも」

銀之助は言った。

「栄吾の面差《おもざ》しが忘れかねているように思われます」

銀之助は幸江と別れるとき、旅先から便りをくれるようにと頼まれていたことを思い出した。彼女は、栄吾の死の真偽を気にかけている。

「どうだろう、その娘をそなたの連絡に使ってみては？」

「え？」

銀之助がおどろいて筑後の顔を見つめると、

「ほかの女では心もとない。それに、こればかりは、しっかりした根性《こんじょう》の者でなければならぬ。捕えられたときの覚悟も必要でな。金で使える人間は駄目だ。作之進の娘なら、武家の者だし、栄吾を思っているなら、口をわるようなことはあるまい」

「しかし」

銀之助は急いでさえぎった。

「それは、少々無理かと思います。幸江さまは外にもあまり出たこともない女《ひと》です。そのような女《ひと》にこの難儀な勤めができるでしょうか。いえ、わたくしも、幸江さまの気性はよく知っています。しっかりした女《ひと》だと思っておりますが、何しろ、これはむつかしい連絡だし、甲州と江戸を往復するにはさまざまな苦労がございますから」

「いやいや、そうではない」

筑後は言った。

「女という者は、まさかのときにはその覚悟が出るものだ。ことに、許婚者の栄吾のことを考えているなら、これは強い。銀之助、どうだ。そなたから、直接その娘に話してみてはどうか。だれがいいというよりも、いっそ、それに決めて、そなたがじかに言ってみたらよいではないか」

銀之助は困った。

わずかな今回の経験だったが、それだけでも、どんなに連絡が必要だったかを痛感している。もし性格だけのことなら、幸江は申し分ない。これは秘密を托するのにじゅうぶんだった。

いうことだ。

だが、問題はおとなしく育った彼女が、その急激な環境の変化に耐えられるかと

「話してみましょう」

銀之助が答えたのは、筑後の言葉を、とにかくこの場で一応ひきうけねばならなかったからである。

38

「わたくしに、ぜひその役をやらせてくださいまし」

幸江は顔をあげて言った。おとなしいこの女《ひと》に似合わない強い瞳だった。頰も熱が出たように赧《あか》い。

銀之助は大目付《おおめつけ》松波《まつば》筑後守《ちくごのかみ》の意見を取次いできただけだったが、はじめから幸江にことわられるものと思っていた。武家の娘だが、おとなしいこの女《ひと》に、そのような仕事が向くとは思われなかったのだ。

銀之助は、栄吾のことが甲府でどう噂されているか、調べたことを一応話した。栄吾のことだというので、幸江は熱心に聞いていた。つつましい女だから、途中

で積極的な質問はしなかった。話が終ってから、彼女は溜息をついた。

「お話を聞いて不思議な気がします」

と彼女は言った。

「栄吾さんの死にかたがはっきりしないというのが腑に落ちないのです。それに公儀で発表された死亡日の後で、栄吾さんが人に遭ったというのも不思議です。わたくしには、まだ栄吾さんが本当に死んだとは信じられません」

大胆《だいたん》な意見だった。公表を信じないというのだ。

銀之助は、すぐにはそれに同調しなかった。許婚者《いいなずけ》だったし、彼女は栄吾には恋心を寄せている。特殊な考えがこの女にあっても不思議はなかった。

それに、自分の意見もうっかりとは言えない。ただ、栄吾の死の真相を調べたいというだけしか打明けられない。

特別な事情から、自分の調べたことを甲州から江戸に連絡する人が欲しい、さる人から幸江さまならどうかという話があったのでやってきたが、自分としては危険なことだし、あまり気乗りがしないと意見を添えた。

その話に、幸江が、

「わたくしにやらせてください」

と熱意をみせたのだった。

「そりゃ、わたしも有難いが」

銀之助は対手をおさえるように言った。

「あなたなら栄吾とは親しかったし、そのお気持はわたしにはよくわかります」

なだらかな肩と細い身体をした幸江を見ながらだった。めったに外出したこともない女なのだ。

「しかし、そのことはあなたに無理だと思います。わたしは、ただ、さる人の意見を取次いだだけです。わたしの意見としては、お止めになったほうがいいと思います」

「なぜですか」

幸江はそのつぶらな瞳をあげた。

「わたくしに勤まらないとおっしゃるんですか」

「はっきりと申しましょう。単に、甲州から江戸にわたしのことづけたものを運ぶというだけではないのです。事は秘密を要します。だれにも知られてはならないし、また、このことには敵もいることです。単純な使いではないのです。危険が予想されます」

「構いませんわ」

幸江は引きさがらなかった。自分の主張を口に出さない女だったが、この話には異常な頑固さをみせた。

自分の心をかたむけた人のことになると、この女もこのように勇敢になるものだろうか。

銀之助は、しかし同情ばかりしていられなかった。事は一片の甘さも許さないのである。

じつを言うと、大目付松波筑後守が栄吾の許婚者のことを思い出してくれたのが迷惑だった。彼から話が出なければ、こうして取次にくることはなかったのだ。

銀之助は、今では、むしろ、それをことわるほうにまわっている。

しかし、いったん話を聞いてしまってからの幸江は、一歩もさがる様子はなかった。

「三浦さま、どのようにしたらよろしいでしょう？」

積極的にその方法をたずねてくる。

「わたくしは、若党の安蔵をつれてまいります。どうか、ご心配なさらないでください。ぜひその使いをわたくしにさせてください」

銀之助を見つめる瞳も、その希望が強い光となっていた。

これは、もう一度松波筑後守に会って、あらためて話をことわらねばなるまいと銀之助は思った。

「あらためて、伺います」

といったのは、そのためである。

「江戸には、もう二、三日いるつもりです。その間に具体的なことを話しにきます」

といったのも、この場だけの逃口上で、じつは、大目付に話して、他の人物と代えてもらうつもりなのである。

「三浦さま、決してお忘れないように」

彼が玄関から出るまで、彼女は念を押した。

銀之助は小梅に行った。

江戸に帰って、もう一度ここを確かめたかったのである。青日《あおひ》明神というのがどのように今度の事件に影を投げているのか、はじめて分ったような気がした。

この前、ここを訪れたときは、通りがかりにさりげなく眼に映った程度だったが、現在は重要な意味を持っている。銀之助は、この前きたとおりの道を諏訪社の森にむかって歩いた。

冬枯れの田圃の中に、杉や松の林が黒い色でかたまっていた。あたりは人影もなかった。近ごろ、寮のふえた新開地から半里ばかり離れているが、昔ながらの淋しい田園である。

銀之助は、まっすぐに小さな祠《ほこら》のほうへ行った。すぐ隣が諏訪社だった。祠はほとんど手入れをしてなく、屋根の上に苔が付き、雑草が生えていた。

銀之助は、拝殿に付いている神紋を見た。「釘〆《くぎしめ》ニ閂《かんぬき》」の妙な図柄だった。たしか、裏にある絵馬の図柄は金槌《かなづち》だった。

どういう意味だろう？

松波筑後は、甲州西山の奥の台里《だいり》は、武田信玄に関係がありそうだ、と言った。そこに住んでいる村人は、昔から近隣とほとんど交際をしない。言葉も特別だというし、風習もちがっている。

その台里の村に、これとまったく同じの社《やしろ》があった。十二日の夜、銀之助は、村人が火を囲んでする不思議な月次祭《つきなみ》を見た。他国の者には厳重な禁忌《きんき》となっていることは、彼が追われたことでも分るのだ。

つまり、彼らにとってはそれほど神聖な行事であり、また祭神なのだ。

祭神は、いちおう、諏訪社の関係になっているが、それは世間を忍ぶための偽装ではなかろうか。(もし、松波筑後のいうとおりだとすると)武田信玄の裔《すえ》に関係のある台里の村人が信仰する以上、それはやはり武田家関係のものではあるまいか。およそ、どこの民族も、自分たちの祖先の血につながる首長を祭神として仰ぐ。自然の尊敬が、つい、それを神に祀《まつ》るのだ。

台里の村人が武田家の家臣の後裔だとすると、青日明神の祭神は信玄ということになる。十二日は信玄の忌日《いみび》だ。

ありそうなことだった。

武田勝頼は、天正十年に甲州天目山《てんもくさん》でほろんだが、その家臣には、井伊家のように徳川家につかえている者もある。家康が武田の戦法を自家薬籠中のものに摂取したからだ。しかし、主家を滅した徳川家にたいして、頑として追随せぬ者もあったのだ。彼らからすれば、井伊家をはじめ徳川家にしたがった旧家臣は、度しがたき脱落者と映ったにちがいない。

人間は、みずからの中にこもると、それだけに性格が狷介《けんかい》となる。他を白眼視し、反抗心が強く、排他的となる。

台里の村がまさにそれだった。

永いこと近隣とも交際をせぬ。風習もちがっている——それが何よりの証拠ではないか。

もっとも、それを武田家の残党だとすると保身ができないから、わざと平家の落人のように伝説を創りあげたのではあるまいか。

すると、この小梅の里に彼らの奉ずる青日明神があるのは、台里の一党の流れが江戸にもいることを証明する。のみならず、甲州街道の宿場にも同じものを見かけたから、江戸と、甲州台里の村の間には、彼らの分布が点在しているわけだ。——

銀之助はそんなことを考えながら、祠の裏手にまわった。

例の絵馬があるものと信じたのだが、ふと、眼をやって見て、あっと思った。

この前、あれほど束になっていた古い絵馬が、一枚もそこに残されていないのだった。

銀之助はそこに立ちすくんだ。

これはどうしたことであろう。故意なのか。偶然なのか。

偶然とは思えなかった。彼らは外《そと》の人間の眼を意識して、絵馬を撤回したのだ。

それを意識したのは、銀之助自身が台里の村に潜行し、彼らに発見されたときにはじまったのではなかろうか。

すると、遠く離れた甲州の山奥からこの江戸の小梅まで、いち早く連絡がついていることになる。

銀之助の眼には、見えない彼らの組織が、一種の威圧感をもって映ってくるのだった。

(それにしても、金槌の図柄は何を意味するのか?)

銀之助は諏訪社のほうへ歩いた。その横手に神官が住んでいるような小さな家がある。

外からのぞくと、家の内から四十七、八ばかりの男が現われた。彼が神官らしいことは、穿《は》いている白い袴でわかった。前に会った人とはちがっていた。

「ちょっと、おたずねいたします」

銀之助は言った。

「青日明神社も、あなたのほうで面倒をみていらっしゃるんですか?」

その男は銀之助の顔を見ていたが、

「何かご用でしょうか?」

ときいた。

「少々、青日明神の由緒《ゆいしょ》についてたずねたいと思いますが」

「さあ、わたくしにはよく分りません」

その男は首をふった。

「いつもなら堂守《どうもり》さんがいるんですがね。ここしばらく留守になっています」

「堂守。それは何という人ですか？」

「猪之助《いのすけ》さんです」

「留守といわれたが、どこへ行ったかわかりませんか？」

「さあ？」

神官は愛想がなかった。

「わたしには、一言の断りもないので、行先はわかりません」

神官は堂守を快くは思っていないふうだった。

「いったん、留守になると、十日も二十日も帰ってこないことがあります。帰ってきても、わたしには何の挨拶もなく、いつの間にか戻っている堂守の姿を見るということがよくあるのです」

「ははあ、すると、青日明神の掃除などの手がとどかないわけですね？」

「そうですね」

諏訪社の神官はそう言ったが、どうやら、それは彼の言訳で、不愉快な末社に親切にしてやることはないと考えているらしかった。

「ときどき、だれか掃除にくる人はありますがね」

「ははあ、それはやはり氏子ですか？」

「そんな関係ではないと思いますがね。堂守がいくらか小遣《こづか》いをやって、掃除などをさせていると思います。もともと、その人は植木屋ですから」

これ以上、きき出すこともなかったので、銀之助はもとの道へ引き返した。

神社の森は、ほとんどの落葉樹が裸の梢になっている。足もとに落葉が堆《つ》んでいた。

銀之助の耳にその落葉をかく音が聞えた。

眼をやると、いつのまにか、一人の男が青日明神社の祠のあたりを掃いていた。

それは六十ばかりの年寄りだった。半纏《はんてん》を着ているので、神官の言った植木屋だということが分った。

銀之助が近づくと、植木屋は腰をかがめた。

「あんたが、ここの掃除を受け持っている人か？」

銀之助がきくと、

「へえ」

と植木屋は箒《ほうき》の手を休めた。

「ここの堂守さんに頼まれましてね。こうやって、月に何回か掃除にきています」

「ご苦労だな。堂守は留守のようだが、どこに行ったのかね？」

「留守番を頼まれたなら、それを知っているに違いない。

「さあ、わたしもよく存じませんので」

植木屋は答えた。

「何しろ、ここの堂守は少々変っていましてね。ちょっと出てくるからといっても、それが半月近く戻ってこないことがあります」

「あんたも、ここの明神社を信心しているのか？」

「いえ、神詣りはしますが、特別に信仰しているわけではありません。ただ、堂守さんからいくらか手当てをもらうので、こうやっているんですよ」

話は先ほどの神官と一致していた。

「ときに、この祠のうしろにたしか絵馬がかけてあったように思うが、いま見ると、それが一枚も残っていない。あれは、あんたがどこかに始末したのかな？」

「いいえ、わたしじゃありません。そりゃ、堂守さんがしまったのでしょう」

老人の顔にうす笑いがうかんだ。

39

「作之進の娘は乗り気だったというのだな」

大目付松波筑後守が銀之助の報告を聞いて言った。

「それなら好都合ではないか?」

「わたくしは、いささか異論がございます」

銀之助は静かに反対した。

「幸江という女では困るというのか?」

「本人はしっかりしたひとです。それは間違いございません。けれど、この大役には少々無理かと思います。これは、やはり最初わたくしが申し上げましたように、ほかの者と代えていただきとうございます」

「わしは適当な人だと思うが」

「幸江さんは、あまり外に出たこともないひとです。それが江戸と甲府の間を往復する。しかも秘密な文を運ぶ。当人はしっかりしているようでも、この点が無理のように思われます」

「女となると、さて、だれにしてよいか、心当りがない。やはり、栄吾のことで一番熱心になっている幸江がいいのではないか。いや、そなたが不本意なら仕方がないがの」

「せっかくのお気持をさまたげるようで、申しわけありませんが、この役はほかの者に命じていただきとうございます」

「そうか。それほど言うならやむを得ないな」

「恐れ入ります。強情《ごうじょう》を申すようで申しわけありませぬ」

「そなたの気持もよくわかるでの。幸江のことは、いちおう取り下げよう」

「ありがとうございます」

「しかし、代りの者が見つかるかな。弱ったことになった。わしは幸江一本に考えていたのだ」

「やむを得なければ、男ではいかがでしょう？」

「うむ」

「男ならば、これは容易に人選ができましょう」

「それも仕方があるまいな」

大目付は折れた。

「では、銀之助。その辺のことはわしにまかせてくれるか？」

「はい」

「では、そなたが出発して十日ばかりたって、後を追わせる。連絡場所はどこにするか？」

「やはり、甲府が適当と存じます。差しあたって、わたくしが最初に泊った宿がよろしいかと思います。そのあとのことは、そのときのしだいで当人と打合せしとうございます」

「よかろう」

筑後守はうなずいた。

「そなたは何時《いつ》こちらを発《た》つのだ？」

「明日でも出発したいと思います」

「では、あとの者はそれから十日以後と日付をきめておこう。だれをやるかわからぬが。……」

「わかりました」

「ほかに人数は要らぬか？」

「人数と申しますと？」

「敵は多いのだ。そなた一人では手にあまることもあろう。必要なら、内密にこちらからさしむけてもよい」

「それは、ご無用に願います。やはり、わたくしひとりで動かないと、洩れる恐れがございます」

「しかし、危険ではないか？」

「覚悟しております。わたくしの行動はあとからくる人に連絡しておきます」

「わかった」

大目付《おおめつけ》はうなずいた。

「さきのことはわからぬでな。もし加勢《かせい》が必要なら、いつでも言ってくれ。わしのほうから気心の知れたものを繰《く》りだす」

「ありがとう存じます。その節は……」

銀之助は礼を言ったが、ここで、別のことをたのんだ。

「さきほどお話しいたしました小梅の里の青日明神をひとつ調べていただきとうございます」

「どうしたのだ？」

「少し、妙なところがございます。わたくしが江戸にいれば、自分で調べてみるつもりでいました」

「よい。町方《まちかた》の探索は町奉行になっているでな。そちらに話をつけてもいい」

「さあ、それはいかがなものでしょうか」

銀之助はその方法に疑問をだした。

「これはなるべく筑後守さま直接の手で、やっていただきとうございます」

その理由を、銀之助はあとで付けくわえた。

江戸を発って二日目に甲府に着いた。

増山町の唐木屋に宿をとった。この前きたときと同じ家だった。

こんども、銀之助は前と同じ部屋に通された。番頭は彼の顔を見おぼえている。

「また厄介になる」

女中も同じ女だった。

「しばらくご逗留でございますか?」

「いや、今晩か、明日の晩までだ」

「いつも短うございますね」

顔見知りとなると、女中の扱いも親切になってくる。

銀之助は表の障子を開けた。前は往還になっていて、通行人が歩いている。

この道をへだてた真向いが料理屋だった。まだ昼間なので、料理屋の戸はしまっている。

銀之助は、いつぞや、この真向いの座敷で老人が遊興していたのを思いだした。土地の芸者を呼んでのかなり派手な遊びだった。

白い髯が胸まで垂れていた。妙に印象的な顔だった。

この老人の顔は、またあとで見かけている。老杉が暗いまでに茂った身延の久遠寺の境内だった。

どこかの山持ちらしく、供の人間もしたがえていた。同じ人間を二度まで見るのは、さして不思議ではない。甲府の町と身延とは、旅の者ならかならず行くところだ。偶然に出遇ったとしても奇妙ではないのだ。

森閑とした昼間の料理屋を眺めて、銀之助はふと老人のことを考えている。べつに深い仔細《しさい》があってではなかった。いわば、かげろうにも似た思い出だった。

銀之助はひと休みすると、外出の支度にとりかかった。

「おや、お出かけでございますか？」

女中が訊いた。

「少し、その辺を歩いてくる。夕方までには帰ってくるつもりだ」

「行ってらっしゃいまし」

行く先は決っていた。

河村百介とは西山の宿で別れたままになっている。あのとき、百介は、そのあくる晩までに帰ってくるから、それからいっしょに山に案内しよう、ということだった。

妙なことから、それきり百介とは行きちがいになってしまった。銀之助は、あの山中の災難から炭焼夫婦に世話になったりして、湯治場に戻ってくるのが遅くなったし、そのまま江戸に出発したのだ。

あのとき、河村百介の話では、山での測量がすぐに済むから、それが終れば甲府に戻ると言っていた。

銀之助は、約束を果し得なかった詫びをかねて、百介と話をしたかった。

甲府城の見える石垣に沿って、武士《さむらい》屋敷の一画に入った。百介の住んでいる長屋は、その裏のほうだった。

一度きたことがあるので、地理はわかっていた。

銀之助は、百介の家の玄関に立った。声をかけると、しばらくはだれも出てこなかった。留守かな、と思ったくらいだった。

三度目の声で、ようやく奥から応えがあった。遠いが、それが百介自身の声のようだった。

「よう」

玄関に立った百介は、銀之助に眼をみはった。

「これは珍しい人が見えた」

「その節は」

銀之助は頭を下げた。

「つい、かけ違って失礼しました」

「いやいや、それはわたしのほうから言うことだ。まあ、そこでは話ができぬ。どうぞ、こちらへ」

と上にあがるようにすすめた。なかなか愛想がいい。

「よく見えられた」

座敷で河村百介は銀之助を上座に据えた。

「あんたとはあれきりになって、心にかかっていたところです。宿にきいたら、もう、ご出発だというので、残念に思っていたのですが、今日はまたわざわざお越しねがって、申訳ない」

座敷は、男独りの住居《すまい》のせいか、掃除もろくに行きとどかず、部屋も荒れていた。

「江戸に帰られていたのか？」

と百介が銀之助の顔を眺めてきいた。

「少し用事がありましてね。それをすませに帰ったのですが、やはりこちらに舞い戻ってきましたよ。今度はゆっくり西山にいるつもりですが、あんたがよかったら、山のほうをつれて歩いていただこうと思いましてね」

「そりゃよかった。わたしも約束したものの、あれきりになって、心持が悪かったところです」

河村百介は、胸毛が見えるくらい懐ろを開いてにこにこしていた。

40

常吉は久しぶりに江戸のわが家に戻った。

保養に行ったというのに、かえって彼の顔色は憔悴《しょうすい》していた。出発前よりも不機嫌なのだ。

「湯治が思わしくなかったのですか？」

女房が心配してきいた。

常吉は生返辞《なまへんじ》をしている。むこうで何かあったのかと思い女房はそれもきいたのだが、

「何もあるわけはねえ。山の中の湯治場だ。退屈《たいくつ》なだけよ」

短い返辞をするだけだった。

しかし、女房は、たしかに常吉が変ってきたと思っている。元気がないのだ。

もっとも、彼が意欲を失ったのは、花屋の一件の探索から手を退いたときからだった。それも自分で仕事をあきらめて止めたのではなく、奉行所の係り与力《よりき》の命令で、やむなく途中で投げてしまったのだ。

「どうして、旦那方がそんなことをおっしゃるんでしょうね？」

女房が不満そうに言うと、

「御用のことに口をだすな」

ひどく叱られた。

浮かない顔をした毎日がつづいたのも、それからである。その常吉が不意に、甲州に湯治に行きたい、と言い出したとき、女房はかえって悦《よろこ》んだ。毎日不機嫌な顔を見ているより、長い留守でも、帰ってきてもとの元気な亭主にもどってくれたほうが嬉しい。

ところが、甲州から帰っても彼の機嫌はなおらないばかりか、よけいに気むずかしくなったのである。

女房は、常吉と甲州に同行した子分の庄太が様子をのぞきにきたとき、そっと、その理由をきいたことがある。

「何でもありませんよ」

庄太は彼女を安心させるように笑っていた。

「親分は、やっぱり旅馴れねえから、それで疲れが出たんでしょう」

それ以外、べつに心あたりはない、と庄太は言った。

女房は、それならそっとしておくほかはないと思った。そのうち、家でぶらぶらしていれば、疲れも癒るだろうし、機嫌もなおってくると思った。

常吉は毎日按摩《あんま》をとらせているが、そのほかは、煙管《きせる》をくわえながら、ぼんやりと狭い庭のほうを見ている。長い間、つくねんと考えごとをしているようだった。長それは甲府から帰って五日目だった。

「おい、羽織《はおり》を出してくれ」

常吉は思いついたように、女房に言った。

「どこかに出かけるんですか？」

「うむ、ちょっと気晴しに歩いてくる」

女房はよろこんで箪笥《たんす》の抽斗《ひきだし》をあけた。

常吉は薬研堀《やげんぼり》の家を出ると、河岸沿いに駒形のほうへ歩いた。川風がつめたく彼の裾をあおいだ。

常吉は渡し舟に乗って大川をよぎった。富士が小さな白い姿で町の屋根の上に出ていた。

常吉はそれを見つめていた。富士のむかい側に甲府がある。

「富士山も、だいぶ、雪が積りましたね、親分」

隣にすわっている看板《かんばん》の旗を持った薬売りが常吉の視線に気づいて、お世辞に話しかけた。岡っ引の服装はだれの眼にも一目で知れた。

あの山にも、これから雪が深くなるだろう。

常吉はぼんやりそんなことを考えていた。記憶にある台里の村の山だった。

舟が向河岸に着くと、常吉は小梅のほうへむかった。晴れた空には凧《たこ》が舞っている。

常吉は小梅の森の中に入って行った。

「おや？」

思わず口に出したのは、青日明神の裏手にまわったときである。

絵馬が一枚もなかった。

彼は思わずあたりを見まわした。森閑《しんかん》として木立ちの多い境内は、人の跫音《あしおと》もしない。

（たしかにここだ。金槌の絵を描いた絵馬が、何枚も束になって吊り下がっていたはずだ）

その絵馬は、彼が甲州街道の宿場でも見かけたものだ。

彼は社のぐるりを二、三度回った。絵馬の紛失いがいには、べつだんな変化はなかった。

祠の横に、堂守がいる小屋のような小さい家があった。彼はそこにも行って見たが、雨戸が全部固くしまっている。表の戸を二、三度たたいたが、思ったとおりの返事はなかった。

常吉は思わず軒《のき》を見あげた。

このとき、常吉はうしろに忍びやかな草履《ぞうり》の音を聞いた。

振りかえると、白い着物に水色の袴を穿いた神官が、常吉の様子を眺めるように立っていた。

「よいお天気でございます」

常吉は挨拶した。

「失礼ですが、このお社をお守りしていらっしゃる方ですか？」

神官は首をふった。

「いいえ、わたくしは隣の諏訪社の神官です」

「ここの方は、おいでになりませんか？」

「いま、留守でございます。三日ばかり前から、どこかに出かけたようです」

神官はそう言って常吉の風采を眺めていたが、

「失礼ですが、親分さんは、お上の御用を聞いていらっしゃる方ですね？」

「はあ、そうですが」

常吉は、神官が何かいいたそうにしている口もとを見た。

翌る日の午過《ひる》ぎ、常吉が薬研堀《やげんぼり》の自宅で盆栽《ぼんさい》の手入れをしていると、女房がうしろから声をかけた。

「あんた、いま、小梅のほうからきたとおっしゃる方が見えています」

常吉は、通してくれ、と言って、裾《すそ》の土を払ってたちあがった。

きのう、あの社で諏訪社の神官というのに出遇ったが、先方は常吉の身分と名前、それに住居とを聞いて、明日たずねてもいいか、ときいた。

すこし話をしたいが、ここでは都合が悪いから、親分さんの家へ行って話したい、というのだった。何か事情がありそうだし、常吉も心に合点するところがあったので、ぜひ、おいでください、と誘ったのだった。

神官は、今日は普通の服装できた。髷《まげ》の茶筅《ちゃせん》と被布《ひふ》とで医者と間違えやすい。

「親分さん、昨日はまことに失礼しました」

と彼は畳の上に両手を突いてていねいな挨拶をした。自分は諏訪社のお守りをしている者だ、と言って、その名前も名乗った。

「どうぞ、お楽にお話しください」

常吉は、この神官から青日明神の内情を詳しく聞けるものと思っていた。昨日出遇ったとき、ここでは話しにくいと言ったのが、青日明神のことだった。

「めっきりお寒くなってきました」

神官は如才《じょさい》のない世間話をはじめたが、それがいつまでもつづく。

常吉は少しじれったくなった。対手が容易に本題に入らないのは、なるべく言い憎いことをあとにしようという気持が見える。しかし、それでは際限《きり》がなかった。当人から話をしたいと言って、わざわざここまで出かけてきたくらいだ。

「ときに、お話をうかがおうじゃありませんか」

常吉が痺《しび》れを切らして言うと、神官は慌てたように瞳を動かした。

「そうそう、そのことで上ったのですが」

と神官は恐縮していた。

「きのう、親分さんが見えたときお話ししたかったのですが、つい、申しそびれまして……」

「ここならだれも聞いておりません。どうぞ心おきなくお話しください」

「はい」

それでも神官は、まだもじもじしていた。常吉はじれったくなった。

「お話は要点だけで結構です。──早いとこ、お願いしましょうか」

彼はわざと煙管を灰吹《はいふき》に強くたたいた。

と神官はその音におどかされたように唾をごくりと呑んだ。

「じつは……きのう親分さんがご覧になったあの青日明神社のことです。どうもわたしに合点のいかないことが数々ございますので」

果して、その話題だった。常吉も今度は本ものだと思って膝を乗り出した。

「合点がいかないといいますと？」

「ふた月ぐらい前の暗い晩でした。わたしが諏訪社のあたりを見まわっておりますと、闇の中にかすかですが人の呻き声が聞こえてまいります。あの木立の中は、ときどき梟《ふくろう》が啼きますが、それとも異なってたしかに人間の断末魔の声でございました」

「それは、どの辺から聞こえましたか？」

「わたしも、うす気味悪うございましたが、正体が知れないので、こわごわと声のほうへ向って歩きますと、もう一回、それがはっきりと聞こえました。……青日明神のお社の中からでございます」

「それは、いつでしたか？」

常吉も緊張した。

「はい」

「はい。日にちは憶えておりませぬが、そのあくる日にあの騒動があったので、その前の晩だとははっきりしております。騒動と申しますのは、百本杭《ひゃっぽんくい》に首を締められた男の死体が流れていたことでございます。親分さん、わたしはあの死体は、常泉寺の前の堀割に投げ込まれたと思っております」

常吉はおどろいた。

この神官がきのうから何かいいたそうにしていたが、これほど重大な言葉を打明けようとは思っていなかった。

常吉も顔色を変えたが、対手の神官も青くなっている。自分の話に自分が恐れているのだった。

「それは、よく報《し》らせてくださいましたね」

常吉は頭を下げた。

「だが、あの事件はもうふた月も前です。どうして、それを早く教えてくださいませんでしたか？」

常吉には、神官が今まで口外しなかった理由がわかっている。

「はい。わたしもそれは心にかかってはおりましたが、何しろ、あとの祟《たた》りが怕《こわ》いので、つい、言いそびれておりました」

「あとの祟りとおっしゃると?」

「何しろ、青日明神社はわたしの境内の中にございます。その妙な呻き声を聞いたあとも、時々夜中に人の集まる気配がございました。もし迂闊《うかつ》にわたしがこんなことをしゃべったと分ったら、今度はわたしがどんな目に遇うかわかりません」

「よくわかりました」

と常吉はうなずいた。

「では順序立ててうかがいましょう。あなたが青日明神社で呻き声を聞いたというだけで、それがどうしてあの百本杭の死体と分りましたか?」

「はい」

神官は口ごもっていたが、

「じつは、あのとき、わたしが様子を見るために草の間にしゃがんでいますと、青日明神社の祠から一人の男が、ぐったりとなった人間を背負って出て行く影を見ました」

「うむ、それは確かでしょうな?」

「私の眼に間違いはございません。負われた人は死んだようになっておりました。背負った男はしばらく辺りを見まわしていましたが、わたしがそこに隠れているとは気づかずに、やがて常泉寺の方角へ歩いて行きました……わたしは急に恐ろしくなったので、そのまま帰って布団の中にもぐり込みましたが、その晩は容易に寝つかれませんでした」

「そのあくる日、あなたは百本杭の人殺しを聞いたわけですね？」

「はい、さようです。わたしはあの土地にいますから、大川の汐《しお》の上げ下げの具合をよく知っております。あれは、時刻からいうと、汐が引きはじめる前です。ですから、ちょうど夜が明けたころ堀割に投げ込まれた死体は、大川に流れ出て、百《ひゃっ》本杭《ぽんくい》に引っかかるようになっております」

「で、背中に背負ったその男の風態《ふうてい》は？」

神官はまた、もじもじしたが、

「それは暗くてよくわかりませんでした」

と答えた。しかし常吉は、神官にはだいたいの見当がついているが、まだそこまで思い切って言えないのだろうと察した。

「なるほどね。いいことを報らせていただきました。ところで、あの青日明神社にはその後、変ったことはありませんかえ？」

「はい、それです。わたしもあの晩だけの出来事だったら、そのまま黙っているつもりでしたが、それからも何度か、青日明神社の中に人が集まっている気配《けはい》があるのです。同じ境内ですから、どうも薄気味悪くて、じっとしていられません。正体がわからないだけに安心ができません。どなたか御用聞の方にお話ししたいと思いましたが、うかつなことも申せませんので、いままで黙っておりました。きのう、親分さんをあのお社《やしろ》の前にお見かけしたので、思い切って、ここにうかがう決心をしました」

「奇体な話ですな」

と常吉は言った。

「青日明神社に集まるのは、人数にして何人ぐらいですか？」

「気味が悪いので確かめたことはございませんが、わたしの考えでは、まず、二人か三人という見当でございます」

「その中には、青日明神社の堂守さんもいたでしょうね」

「いたに違いありません。ほかの者だけでは、あの内に入るわけにはいきません」

常吉が急に庄太を呼びにやったのは、神官が帰ったあとからだった。

「庄太、これからいっしょに小梅に行ってくれ」

「ええ、ようがす」

庄太は常吉が久しぶりに元気な顔色になっているのに気づいた。

「小梅は例の植木屋ですかえ？」

「うむ」

「あっしは、親分のその声を待っていました」

「この一件にはもう手を出すめえと思ったが、どうも、そうもしてはいられなくなった」

「親分、それは無理だ」

庄太が笑った。

「おめえさんの性分では、まだ当分、楽隠居はできますめえ」

41

常吉が庄太を連れて出かけようとすると、子分の亀五郎が顔を出した。

「おや、親分、お出かけですかえ？」

亀五郎は二人の顔を見上げた。

「亀か。いいところにきた。例の一件はわかったか？」

「へえ、お蔦はやっぱり在所には帰っていねえそうです」

常吉は、この前から、亀五郎にお蔦の周囲を調べさしていた。亀五郎の本職は小間物屋なので、こういうことには手馴れている。

「抱え主も蒼い顔をしています。はじめ、お蔦にいい情人《おとこ》でもできて足抜きをしたのじゃねえかと思って、地廻《じまわ》りなど使って探したらしいんですが、その様子もありません。きのう、わっちが抱え主のところに行くと、ちょうど、在所《ざいしょ》の下総から追手が帰ったところでした」

「そうか」

「抱え主のほうでも、お蔦はわりと売れるほうですから、弱り切っています」

「よし。ご苦労だったな」

「わっちは、どうしましょうか？」

亀五郎は、常吉のうしろに庄太がいるので、自分も一しょに行きたそうな顔をしていた。

「おめえは、明日の朝でも、ここへ面《つら》を見せてくれ」

常吉は草履《ぞうり》をつっかけたが、

「なあ、亀」

「へえ」

「おめえ、あの櫛《くし》を見せたとき、たしかにお蔦のものだと抱え主は言ったんだな？」

「へえ。あのとき、親分に申し上げたとおりです」

――それは、常吉が甲州から帰った翌日だった。彼はすぐに亀五郎を呼びにやらせた。

懐ろから出したのは、布片《きれ》に包んだ櫛で、これは台里の裏山に登ったときに拾ったものだ。

小間物屋の亀五郎を使って、お蔦の抱え主にきかせにやったところ、たしかにお蔦の櫛だ、という返事だった。

「亭主ばかりじゃありません。女房も、ほかの朋輩も出てきて、その櫛を一目見るなり、たしかにお蔦のだと言いました。飾りの鬼蔦の模様は、お蔦が気に入っていて、いつも頭に挿していたものだし、いつぞや落したときについたこの瑕《きず》が何よりの証拠だと、みんなで口を揃えて言いました」

亀五郎は、そのとき、常吉にそう報告した。

「それで、お蔦が急にいなくなったので、連中はどう言っている？」

「いろいろです。情人《いろ》といっしょにずらかったと言う者もいるし、つとめが嫌になって在所に帰ったのだろうと言う者もいました」

「そんな様子がお蔦にあったのかえ？」

「いいえ、ほかの者にはまるっきり分らなかったそうです。情人《いろ》の一件も、それらしい男がいれば、抱え主はともかく、朋輩には分るわけですが、それも心当りがねえと言うし、商売が嫌になって在所に帰るほど気の弱え女でもねえということでした」

「ほかに何か言っていなかったか？」

「そんな具合で、まるっきり見当がつかず、みんなぼんやりしていました。そのなかで抱え主だけは眼を血走らせていましたがね。わっちがその櫛を見せると、どこでそれを手に入れたのか、と必死になってききました」

「そりゃそうだろうな。で、おめえはどう言った？」

「そこは上手にごまかしておきました」

これは、三日ばかり前の亀五郎の報告だった。

いま、常吉が念を押しても、亀五郎の言葉は前と変りはなかった。

常吉が甲州から帰って早々に、亀五郎にその調べをさせたのは、櫛の一件もあったが、女房から留守中にお蔦がたずねてきたことを聞いたからだった。

(お蔦さんは、おまえさんのあとを追って甲州に行くような口吻《くちぶり》でしたよ)

それで、甲州の山にお蔦の櫛が落ちていたのは、常吉にもやっと納得できた。しかし、その櫛を台里の裏山で拾ったことは、常吉にも腑《ふ》に落ちない。お蔦がどうしてそういう場所にきたかである。

お蔦は常吉が甲州の湯治場に行ったと聞いて、あとを追ってきたのだろうが、台里と西山の湯治場とは目と鼻の先だ。彼女はあて推量で常吉が西山にいると思って、そこまではきたのかもしれない。しかし、これは、常吉が帰りに西山の宿を訪ねたときにお蔦が泊った形跡のないことで、その線は消えていた。

常吉と庄太は小梅にむかった。

「親分、お蔦はやっぱりわっちたちの後を追って、西山にくるつもりだったんでしょうね?」

庄太は道々話しかけた。

「西山には泊っていねえから、そうはいえねえだろう」

常吉は足もとに舞ってくる枯葉を草履で踏みながら答えた。

「いえ、わっちが言うのはそうじゃねえんです。お蔦は親分が西山にいるものと思って途中まできたのですが、そこで何か悪い奴にひっかかって、あの山の中に連れ込まれたんじゃねえでしょうか？」

それは常吉も秘かに考えていた推定だった。

お蔦は栄吾を忘れかねている。その探索にしたがっている常吉のことを知り、彼が湯治に行くといって甲州に向ったとわかると、矢も楯もたまらずに後を追ってきたのであろう。栄吾の行方を常吉の行動から知ろうとしたにちがいない。

「お蔦も甲州は初旅《はつたび》だ。こちらが近道だとか何とかいって、土地の者にうめえこといわれ、つい、その手に乗ったんじゃねえでしょうか。お蔦は水商売をしているだけに、百姓女とはちげえますからね」

「だが、あの女はしっかり者だ。そんな甘口にだまされるとは思えねえが」

常吉は事実そう思っている。

「妙な話ですね。お蔦の出奔《しゅっぽん》はそれでわかるとして、甲州へ入ってからの先のことがわからねえ。あの女は、いったい、どうしたんでしょう。まさか殺されたんじゃねえでしょうな？」

常吉にもその危惧《きぐ》は残っていた。お蔦があの寂しい山に登った理由を知ることが、この事件の一つの鍵のように思われた。

「何だか嫌な天気になってきましたね」

庄太は空を見上げた。雲が厚く、いまにも降りだしそうな具合だった。

枝ぶりのいい松、欅《けやき》、楓《かえで》、櫟《くぬぎ》などの木立が見えてきた。この辺は植木屋が名物だ。

常吉はその一つの木戸を入った。

どこの植木屋も通りがかりの人間に自由に樹を見せるようになっていて、厳重な仕切も作っていない。母屋《おもや》は木立の奥に隠れていた。

家といっても藁葺きの百姓家とちがわない。

「ご免」

声をかけたが、すぐに返事はなかった。二、三度つづけて呼ぶと、軒の横から三十五、六ばかりの百姓女が出てきた。

「わたしは、この前、ここで買物をしたものだが」

と常吉は言った。

「おやじさんはいるかえ?」

「はい。たった今、そのへんにおりましたが。植木の手入れをしているんじゃないでしょうか」

常吉はちょっと考えていたが、

「おめえさんは、かみさんかえ？」

と訊いた。

「いいえ、わたしは手伝いの者です。弥助さんにはかみさんはいませんよ」

「なるほど、弥助さんといったね。おめえさんは、毎日、ここにきてるのかえ？」

「はい」

「そんならきくが、弥助さんは、四、五日前まで、旅に出ていなかったかえ？」

「はい、いいえ……ずっとここにいましたよ」

常吉は、その女の顔をじっと眺めたが、彼女が本当のことを答えていないのがわかった。弥助に口止めをされているに違いなかった。

「そうかい。おかしいな」

と彼は小首をかしげた。

「おれは、五、六日前《めえ》に、ここに用事があってきたが、弥助さんの姿がなかったぜ」

傭女《やといおんな》の顔にかすかな狼狽《ろうばい》が走ったが、

「そいじゃ、植木の市《いち》にでも行っていたんでしょうか」

「そうか。そんなら、おれが気がつかなかったのかな」

常吉は植木を見るような恰好でそこを離れた。

「親分」

庄太は小声でささやいた。

「あの女は、嘘をつきましたね」

「うむ。何か隠《かく》しているな」

「ここの弥助という奴が、いい加減なことを言わせているに違いありません。どうも、あの植木屋、この前から気に喰わねえ奴だと思っていましたよ」

二人は、いろいろな樹の間を縫って歩いた。

「おやじめ、どこに行ったか、姿が見えませんね」

その言葉が終らないうちだった。二人の目の前に一挺《ちょう》の鋏《はさみ》が落ちてきた。庄太はとび上って一足引いた。

見上げると、松の梢の上に法被《はっぴ》を着た植木屋がうずくまっていた。

「これは、とんだ粗忽《そこつ》をしました」

植木屋の渋い声は高いところから聞えた。

「お怪我はなかったですか？」

松の幹を伝って植木屋がするすると降りてきた。

腰をかがめた顔は、いつぞや植木を買ったときの老人だった。

「どうも、とんだしくじりをいたしました。勘弁なすっておくんなさい」

「危ねえな。もうちょっとのところで、おれの頭に穴があくところだったぜ」

庄太が頭に手をやって口を尖らせた。

「どうも、申しわけありません」

「まあ、いいやな。べつに怪我《けが》をしたわけじゃねえから」

常吉が横から笑った。

「おやじさん、いつぞや買った躑躅《つつじ》は、おれの家の狭い庭に根が付いている。来年の春が愉しみだよ」

「そうそう、この前買っていただきましたね。せっかくのお買物をお忘れになって、心配したことがございます」

「大きにそうだった」

「あのおりはありがとうございました。で、今日もなにかお探しでございますか？」

「うむ。今日は植木のことは二の次でね」

と常吉は言った。

「探しものというよりも、判じ物かもしれねえ。それをおめえさんに見てもらうつもりできたのだ」

「はてね？」

植木屋の親父は、わざと首を傾むけた。

「判じ物なら、あっしでは無理なようですが」

「ところが、こればかりはおめえさんでねえとわからねえと思ってね」

常吉は懐ろから風呂敷包みを取り出した。解くと一枚の古い絵馬が出てきた。

「これだがね、ひとつ見てやってくんねえか」

弥助は絵馬に眼をそそいだ。それには金槌の図がついている。その上には絵とも文字ともわからないようなものが数行書かれていた。

常吉は弥助の視線を横からじっと見たが、老人の眼はとぼけていた。

「はてね、あっしには金槌《かなづち》のように見えますが。親分さん、これがどうかしましたかえ？」

弥助の声も同じように茫洋としていた。

「金槌には間違いねえ。そいつは子供でもわかる。ところが、おめえさんには、この絵馬は馴染《なじみ》のはずだがな」

「あっしが？」

「おいおい、とぼけちゃいけねえ。おめえはその先の青日明神の掃除を引受けている。そこには、この絵馬が吊るされていたはずだがな」

「そういえば、そんな絵馬もあったようでしたね」

植木屋の弥助の言葉は、相変らずはっきりしなかった。

「おめえには、この絵馬の絵解きができるはずだ。おれたちは、それを訊きにきたんだがね」

「とんでもねえ。あっしは何も知りませんよ」

「だが、おめえも永いこと青日明神の掃除番を頼まれていた。この絵馬のことは詳しいはずだ」

「親分、そいつは無理だ。いくら、あっしが門前の小僧、いや、おやじといっても、あっしには関わりのねえことですからね」

「そうかい。知らねえのを無理に聞くのも無理な話だ。ところで、弥助さん、この絵馬をよく見てくれ。かたちは似ているが、そこの青日明神から持ってきたんじゃねえのだ。こいつは、甲州街道の黒野田の宿で、おれが拾ったのだ」

常吉がそう言ったあとで弥助の顔をうかがったが、やはりその表情はぼんやりとしていた。

「そうですかえ。同じようなものが他所《よそ》にもあるんですね」

「おめえもそう思うだろう。おれも不思議だと思った。第一《でえいち》、神さまの奉納物に金槌を描くとは、理由《わけ》が分らねえ。それから、この横に書かれた崩し字のようなものだ。こいつは、いってえ、何だろうね？」

「親分さんに分らねえものが、あっしに分るはずがございません」

弥助は常吉の顔を見て、今度は逆にたずね返した。

「親分さんは、甲州のほうにおいでになったんで？」

「うむ、ちょいと湯治に行ってきた」

「湯治とおっしゃいますと？」

「西山というところだがね。えらく山の中だ。おめえ、その湯治場を知ってるかえ？」

「へえ、名前だけは聞いたことがあります」

「そうすると、行ったことはねえというんだな、おい、弥助さん、妙なことを訊くようだが、おめえ、この前《めえ》、甲州に行っていたそうだな？」

「いいえ、あっしはずっとここにおりましたよ」

「おかしいな。おめえを西山の近くで見たという人があるんだがね」

「あっしをですか？」

弥助はうす笑いをうかべた。

「そいつは人ちげえでしょう」

「人ちげえかな？　西山でも、おめえさんのいたのは、ずっと先の台里という村だ。どうだい、憶えはねえか？」

「知りませんね。誰が言ったか知りませんが、あっしはそんなところに生まれてから脚を踏み入れたこともありません」

常吉は弥助の眼を見つめた。弥助もその視線を正面から受け止めた。二人の眼は宙でからみあった。

(この眼だ)

常吉は心の中で叫んだ。台里の村で道を教えた頬被《ほおかぶ》りの親爺だった。

42

「つかぬことをきくようだがね」

常吉は植木屋の弥助にさりげなく話しかけた。眼つきも普通に戻していた。

「青日明神のことだが、あそこの社では、何でも、真夜中に人が集まるそうだね？」

「さあ」

弥助の声は平気だった。眼も楓《かえで》の梢《こずえ》に向いていた。

「知りませんね。あっしは、そんなものを見たことはありませんね」

「うむ、おめえは昼間の掃除番だったな。夜のことは知らねえというのか？」

常吉は多少皮肉にいった。

「だが、多勢《おおぜい》の人間が集まれば、しぜんとその辺が散らかってくるし、汚れてもくる。掃除はおめえの役目だ。そいつには気がつかなかったかえ？」

「へえ……」

「なに、人が集まるからといって、べつに悪戯《わるさ》をしているわけではあるめえ。当節《とうせつ》は、博奕はどこでもはやっている。いくら葛西の百姓でも、まさか、お宮でしみったれた盆を開帳に及んでいたわけでもあるめえ。それとも、頼母子講の集まりでもあるのかえ？」

「あっしは知りませんね」

弥助は、じろりと常吉を見た。

「おめえさん、どこで聞いてきなすったか知りませんが、そいつは根も葉もねえ告げ口ですよ」

「告げ口というのは言い過ぎだ。おいらの耳はどんな噂でも入るようにできているのでね」

「噂なら、なおさらですよ。第一、このあっしが知らねえのですからね」

「そうか」

常吉はうなずいた。

「掃除番のおめえの言うことなら間違いはあるめえが、それを見た人はあのへんに住む狐にでも騙《だま》されたのかもしれねえな。ここは本所とは割堀《わりぼり》一つの隣り合せだ。狸どもが小梅のほうに出張ってきたのかもしれねえ」

「親分さん」

弥助がいった。

「そんな噂をお耳に入れたのは、隣の諏訪社の神官ですかえ」

「さあ、だれともいえねえな。あの近所でそんな話をきいた」

「おめえさんも、植木を買いにきなすって、いろいろと土産《みやげ》をお仕込みになりますねえ」

「何だと」

「いいえ、天気もこんなあんべえだ。薬研堀までお帰りになるまでに降らねえとよござんすがね」

親爺は二人におじぎをすると、鋏を腰にはさんで、すたすたと去った。

「ちぇっ」

庄太は舌打ちした。

「どうも気にくわねえおやじだ……親分、わっちはおやじの眼つきを見ていましたが、あれはやっぱり台里の村で遇った頬被りの男ですぜ」

二人は植木屋を出て道を歩いていた。

「あのおやじは小梅で植木屋をやっているが、生れはあの台里の村かもしれませんぜ」

庄太はいった。

「そうかもしれねえ。ときどき、里帰りをしているわけだな」

常吉の眼には陰鬱な村の家々がうかんだ。人一人動いていないのである。そのくせ、家の中から人間の眼が絶えずこちらの行動を監視しているように感じられたのだ。

道を教えた頬被りの老人が、はたして今の植木屋と同一人だとしたら……？

「親分」

庄太も同じ思いらしかった。

「さっき、わっちの眼の前に上から鋏が落ちてきましたね。あれもわっちを狙って落したのかもしれませんぜ」

庄太は腹立たしそうに言った。

「いや、おめえを狙うのだったら、今ごろはとっくにおめえの頭の皿には穴があいている。ありゃ、おめえをおどかして落したのだ」

「何ですって？」

「狙おうと思えば、それができる男だ。年は取っても腕はたしかなほうだと、おれは睨んだ」

「親分、そうすると、今のおやじが台里の村の人間だと、江戸にきているのも何かたくらみでも持っているんですかえ？」

「そいつはわからねえ。それよりも庄太、おめえ、青日明神の堂守が急に留守をした理由《わけ》を知ってるか？」

「いいえ。親分にはなにか考えがありますかえ？」

「うむ、ねえことはねえがな……庄太、こいつは、のぞけばのぞくほど、いよいよ奥が深くなったな」

「親分、あのおやじをこのまま放っときますかえ？」

「そうだな。まんざら知らん顔をするわけにはいくめえ。少し、ほじくってみるか」

「今夜からでも張り込みましょうか？」

「まあ、待て。おれたちがきょう来たのだから、今夜あたりは向うでも用心しているだろう。幸い、明日の朝、亀が顔を出すことになっている。二人で明日の晩から植木屋を見張ってくれ」

「へえ、合点です」

「親分、どちらへ？」

庄太は途中で道がちがっているのに気づいた。

「どうせ、足ついでだ。ここまできたからには、ちょいと、山根さまの屋敷を拝んで行こう」

「そうですね」

道は帰りの方角とは反対だった。二人は相変らずつづいている植木屋の垣根《かきね》に沿って歩いていると、庄太が目ざとく道路のむこうを見た。

「親分、何やら向うから行列がきますぜ」

「うむ、面倒くせえから、こっちにへえろう」

そばに植木屋があるのは便利だった。二人は商売ものの植込みの間に身体をしのばせた。

やがて、眼の前を乗物が一挺とおり過ぎて行く。前後を二、三人の武士が取囲《とりかこ》んでいた。

「庄太。おめえ、あれは、誰さまの乗物かわかるか」

「そこに保養にきていなさる山根《やまね》伯耆守《ほうきのかみ》じゃござんせんか」

「山根さまは甲州から、ちょっと一休みに江戸に帰っておられるらしいな」

「どうも、この界隈は気にくわねえ。あの屋敷にも、妙な中間《ちゆうげん》がいましたね」

「そうだ、その中間も甲州訛《なま》りを使っていたな」

「そうすると、山根さまの屋敷の仲間も、やっぱり台里の村の人間ですかえ」

「そこまで勘ぐるのはどうかな？　主人が甲州勤番だから、甲州の人間を江戸の下屋敷に傭っているのかもしれねえ」

行列は遠ざかって行った。

「さあ、出よう」

二人はまた往還に出た。植木屋の落葉が道のかたわらに黄色くたまっていた。

山根の屋敷が見えてきた。この辺でひときわ大きいので目印になっている。

常吉は今度は門の前まで行かずに、白い塀が伸びている木立の中に足をむけた。

「親分、裏門から入るのですか」

「いちいち、口を出すな」

常吉は枯れた草の間についている径《こみち》を下った。木立ちの間から冷たい風が吹いてくる。

「おや、ここに堀があるぜ」

はじめて発見したのだが、木立ちの切れた奥に水が溜っていた。

「庄太、見ろよ。この堀は山根屋敷の裏につづいている」

「なるほどね。表から見ると、何にも見えねえが、ここまでくると、屋敷の裏手が堀になっているんですね。そういえば、あそこに水門が見えますね」

「うむ。庭の池に堀の水を引き込んでいるのだろう」

常吉は水面を見ながら、そこにしゃがんだ。堀の幅は狭くて、対《むか》い岸はまたこんもりとした木立ちになっている。

百舌《もず》がけたたましく鳴いて、梢に残った枯葉を散らして飛び立った。枯葉は堀の水に落ちた。

常吉は、水に落ちた木の葉をじっと眺めていた。それは少しずつ動き、山根屋敷のほうへ流れていた。静かに張った水面《みなも》もかすかに動いている。

「庄太、いま、何刻《なんどき》だ？」

「そうですね、かれこれ七つごろじゃないでしょうか」

常吉は心の中で数えている。それは、大川に上ってくる上げ潮の時刻だった。

時刻は合っている。

すると、灌木におおわれているこの堀は、多分、元は小川か何かであったのだろう。それを山根屋敷ができたときこっそり堀に開鑿《かいさく》したと思える。

しかし、よそから見ると、ちょっと人の目には分らないように樹木で隠れている。

水門は山根屋敷の石垣に造られていた。

頭の上で跫音《あしおと》がした。

「これこれ」

振り向くと、四十過ぎたぐらいの、でっぷりした、赧《あか》黒い顔の武士が懐ろ手で立っていた。

「おまえたちは、そこで何をしている?」

常吉はおじぎをした。

「へえ……この辺にどんな魚がいるかと思って、眺めていたところでございます」

「魚釣りか。それにしては道具を持っていないな?」

「へえ、今日は、その、ただ、様子を見にまいりましただけで」

「ここには魚はおらぬぞ」

「さようでございますか」

「おや、おまえたちは、いつか屋敷の庭を見にきた男だな。たしか、あの節は、日本橋の糸問屋の番頭と手代だと申していたな?」

「へえ」

「おまえたちは、よほどこの辺が好きらしいな。まだ主人の寮はできないのか?」

「へえ」

鹿谷伊織は二人を睨《ね》めつけていた。

銀之助は河村百介とつれ立って山の路を歩いていた。

銀之助は知らないが、この路はお蔦が弥助につれられて台里にむかった間道《かんどう》だった。路は林から林の間に細々とついている。

――銀之助が百介をたずねたとき、栄吾のことで百介はこんな話をした。

「栄吾の死の真相は、わたししか知らない。あんたがあんまり栄吾のことを調べておいでになるので、お聞かせしよう。じつは、あまり話したくないのだが、あんたの熱心さにほだされたといえよう」

百介のことだから酒を呑みながらの話だった。

「やっぱり栄吾は死んだのですか？」

百介がきくと、

「たしかに、死んだことには間違いありません」

と百介はうなずいたのだ。

「あんたは、栄吾が生きているとでも思っていたのですか？」

百介は反問した。

「いや、そうは思わぬが、なにしろ、江戸で聞いた公表と、こちらで調べた話とでは、だいぶ、喰違いがありますのでね。つい、迷いがきたのです」

「ごもっともです」

と百介もうなずいた。

「しかし、その喰違いは、じつは、栄吾の死の事情が公儀に聞えが悪いからですよ」

「はて?」

「いや、詳しいことは、わたしが栄吾の死んだところにご案内して説明しますよ」

「えっ、栄吾の死んだところ?」

「それだと、あなたも合点がいくでしょう。先ほどの話だが、甲州と江戸での死因が喰違っているのは、ありていを報告すれば、甲州筋の上のほうで怪我人が出るからですよ」

「河村さん、それはどういうことでしょう?」

「ははははは。みんなわが身は可愛いですからね。つまり、責任回避ですよ」

百介の話は、はじめから終りまで謎めいていた。

だが、銀之助は、この河村百介が栄吾の最期の何かを握っていると確信している。いま、栄吾の最期の場所に案内しようといった百介の言葉は、銀之助にとって希望するところだった。

それが今日のことだった。

百介は非番なので、気軽に銀之助と同行を承知してくれた。少し山路を歩きます、と断ったとおり、この間道は嶮岨《けんそ》だった。場所も高いが、すぐそこに聳《そび》えている連山は、この間降った初雪を眩《まぶ》しいくらいに輝かせている。

「おや、ここは台里の近くですね」

甲府を朝たったので、もう夕昏《ぐ》れ近くなっていた。冬の日暮は早い。

銀之助が眼を留めたのは、見おぼえのある村が眼下に小さく屋根を見せているからだった。

「よくご存じで」

と河村百介はうす嗤《わら》いをうかべた。

「そうすると、河村さん。西山の湯治場はどの方向になりますか?」

「ここからは麓《ふもと》の丘《おか》にさえぎられて分りません。台里に行くにはこっちが近道です」

「すると、栄吾はこの辺まで入ってきていたのですか？」

「まあ、もう少し歩いてみてください。いまに分りますよ」

河村百介は、また、すたすたと歩き出した。山は正面にいよいよ逼《せま》ってくる。

銀之助は裏山の一点に瞳《ひとみ》をこらしていた。そこは、かつて彼を介抱してくれた炭焼夫婦の小屋があるはずだった。もちろん、彼はその小屋が焼かれ、夫婦が非業《ひごう》の死に方をしたことを知っていない。

「三浦さん」

百介がふりかえった。

「現場も近くなったから、ぼつぼつ、お話しましょう。栄吾のことですよ」

「ほう、それは……」

「前にもお話しましたね。この甲府に流れてきた連中が望みも愉《たのし》みもなくして暮していることを。そして、中には思い切って江戸に逃げて行く人間もあることも、あんたに耳に入れておいた」

「聞きました」

と銀之助はうなずいた。

「もっとも、中にはおもしろい男もいて、江戸でさんざん放蕩を働き、借金を山ほど作って、わざと甲府勝手を願い、逃げてきた者もあります。つまり、借金の踏《ふ》み倒しですね。しかし、これなんざ特別なほうです。江戸に帰りたくてうずうずしている者がほとんどです。……じつは、栄吾も江戸へ脱走を企てたひとりでした」

銀之助にはまったくの初耳だった。

43

河村百介は、さらに銀之助を山路のほうへつれて行った。

それは径《みち》とも言えなかった。獣のとおる跡が草の間に自然と一筋となっている。この辺も羚羊《かもしか》が多い。

百介が鈴木栄吾の最期の場所に案内すると言った言葉が、銀之助を彼のあとに従わせた。山は深くなり、坂も嶮岨《けんそ》となってくる。

「この辺です」

ようやく、百介が立ちどまった。

そこは岩場になっていた。深い森林地帯を抜けると、忽然《こつぜん》と眼の前に粗い岩肌が斜面を見せた。銀之助は百介の横に立った。

細い、けもの道は、そこから曲って谷へ下りている。

「栄吾はこんなところで死んだのですか？」

銀之助が不審の眼をむけると、

「あなたは知るまいが、この路は甲州から武州に抜ける間道になっています」

と百介は説明した。

「甲府から江戸へ逃《のが》れるには、甲州街道の一本道しかありません。途中にはいくつも関所があって、厳重に監視されているので、逃れることはできません。元々、甲州街道は江戸城と甲府城とをつなぐ軍用道路ですから、警固も厳《きび》しいのです。しかし、江戸に逃れたい者は、何とか工夫してその方法を見付けようとします。この間道もそうですよ」

彼は指《ゆび》さした。

「彼らはここを通って武州秩父郡に抜け、そこから回り路をして江戸に入ろうという考えです」

「この路が、秩父へ行くのですか？」

「そうです。谷や山を越え、甲府の東に当る山中に潜入できます」

百介は、さすがにこの辺の地形にあかるい。

「いまも言うとおり、甲府城は、江戸城の最後の拠点になっているから、日ごろから、甲斐を取巻いて、随所に厳重な関所が設けられている。中仙道口には教来石《きょうらいし》、小淵沢《こぶちざわ》、大井ケ森。信州佐久郡口には長沢、浅川、小尾の諸関所があり、秩父口には川浦があり、大菩薩峠越えに出るには上小田原の関所がある。いずれも、要衝《ようしょう》を押えて構えられているが、この間道は、そのうちの秩父口の関所の裏山を突破しようというのです」

「なるほど。そこで成功した者がありますか？」

「ほとんど、ありませんね」

と百介は首を振った。

「関所に行くどころか、たいてい、この辺までで捕まります。捕まったら最後、その場で処刑ですよ」

「処刑？」

「そうです。天下の勤番武士が脱走したということが、世間にわかっては困りますからね。幕府の威信《いしん》にもかかわることです。追手は脱走者を捕まえると、すぐに斬るのです。その場合、当人が切腹したという口実をつくることもあり、また、山に入って遭難したという体裁をつくることもあります」

「では、栄吾の場合もそうなんですね？」

「足を踏みすべらして谷底に転落した、ということになっていますな」

「すると、栄吾もここで追手に討たれたわけですね？」

「そうだと思っていいでしょう。これには確証はないが、わたしの今までの経験で、そう判断していいと思いますな。ですから、甲府のお寺に栄吾の髪が埋めてあるというのは、笑いごとではありません。あれは、やはり当人のものだと思われます。ただし、甲府での噂と、江戸に届いた報告書との間にズレが起ったのは、ことの真相を匿《かく》そうとした手違いからおこったのです」

「河村さん」

銀之助はいった。

「あんたは、いま、栄吾がここで追手に討たれたと言ったが、それは、べつだん、ご自分が見たわけではありませんね？」

「そりゃ見ていませんよ。しかし、わたしの推測は、大てい、当りますね。これまでの経験で間違いありませんよ。不審と思われるなら、もう少し、わたしについて歩いてください。そうすれば、あんたも納得がいくでしょう」

百介は歩きだした。

「いや、三浦さん、わたしはあんたが好きなので、こんなことを打明けたのですよ。いままで誰にも言っていません。めったなことは口に出せませんからね。判ったら最後、わたしがどんな重い処分を受けるかわからない……だが、あんただけは違う。わたしはあんたの熱心さと正直さに惹かれて、つい、こんなことをしゃべりました」

銀之助は路から離れて枯草を踏んだ。

「これをごらんなさい」

ある地点にくると、百介が指さした。

やはり、粗い岩肌ばかりの場所だったが、位置は最初に見たところの裏側に当っていた。

「少し、地面の色が違うと思いませんか？」

百介が注意した。

言われてみると、土の色が妙に茶色ぽくなっている。斜面の断崖もこれまでの地質とは違ったようになっている。

「なんですか、ここは？」

「旧《ふる》い鉱山《こうざん》ですよ」

「鉱山?」

「もう二百年も前に掘られた金山《きんざん》の跡《あと》です。いまでは、すっかり廃鉱になっていますがね」

「こんなところに金山があったのですか。二百年も前というと……?」

「武田信玄時代ですよ。あんたも聞いたことがあるだろうが、信玄の隠し金山といって、この甲州にはいくつかの秘密鉱山がありました。これが信玄の軍資金となっていたのです。信玄の軍勢が諸国の武将に怖れられていたのは、作戦もうまかったし、軍隊も強かったのですが、そのほかに、こういう軍資金が貯蔵されていたからですな」

「そんな話は、わたしも小さいときに聞いたことがあります」

「しかし、その金山のことも半分は伝説ですね。それを本気にとって金を掘り当てようとする欲の深い連中が、これまでも後を断ちませんでした。ここなども、信玄の金山あととなっているが、本当はそんな言い伝えを真に受けた連中が穴を掘ったのかも分りません」

「現在、間歩《まぶ》(坑道のこと)の跡が残っていますか?」

「あります。見せましょう。三浦さん、こっちですよ」

河村百介は岩肌の斜面に沿って下へ降りた。足もとのガレ石が崩れ落ちたが、百介は巧妙に伝わって行く。軽妙な足の運びは、さすがに山に馴れていた。

「三浦さん、こっちにきてください」

岩角に百介の声が聞える。姿は見えなかった。

銀之助は危ない足場を用心しながら、彼のあとからつづいた。

「ここですよ」

声は洞窟の中から聞えていた。

間歩の入口は人間がひとり、やっと入れる程度の大きさだった。まるで狸穴《たぬきあな》に似ている。

穴の中で赤い灯が射しているのは、河村百介が蠟燭《ろうそく》をともしているからである。

百介はそんな用意までしてきている。

銀之助は、その穴の中に身体を入れた。あきらかに人間が鑿《のみ》と金槌を使って造られたものだった。

同じ鑿の痕は、間歩の入口を入ってからも四方の壁に見られる。百介の持っている蠟燭の灯が粗い鑿痕《のみあと》を岩壁に見せていた。

「奥を見てください」

百介は蠟燭を差しだした。

奥には、壁をふさぐように石がいくつも重ねられてあった。

「見られるとおり、元はもっと深かったのだと思います。しかし、金が出ないと諦めたものか、こうして路をふさいだのですね」

百介は言った。

「どうして路をふさぐ必要があったのでしょうか？　金が出ないとなれば、そのままに捨てておけばいいはずですね」

「いや、それはまだ諦めてないんですな。こう苦心して奥まで掘った連中の気持がわかりますよ。いずれは、あとで自分たちがもう一度掘りにくる。だから他人に荒されては困る。そういう気持で石の壁を造ったのだと思います」

銀之助は身体を曲げて天井を見た。奥に近いほうには、名も知れない虫が無数に垂れ下っている。蠟燭の明りで、それが不気味な影に揺れた。

「これをご覧なさい」

百介が壁の石の傍を指さした。

「さあ、そっちのほうですよ、石が積まれているうしろをご覧なさい」

銀之助はのぞき込んで、思わずあっと声を揚げた。

いままで蠟燭の灯がそこまで届かなかったので分らなかったが、石の壁の前が窪みになっている。

その中に、石の色とは違う白いものが見えた。人間の白骨だと知ったのは、眼がそれを確かめた瞬間である。

それも一体だけではない。髑髏《しやりこうべ》だけでも三つも四つも転がっていた。

「処分者です」

と百介は普通の声で説明した。

「追手が脱走者を斬って、その死骸をここにほうり込んでいたんですね。ほれ、これなんぞは」

と百介は髑髏の一つを抱え上げて見せた。

「頭の骨に疵《きず》がついているでしょう。うしろ頭ですね。これは、斬り手が処刑者の首を仕損じて、頭に入れた刀疵です」

銀之助は息を呑んで見つめた。

銀之助の胸に最初にきたのは、鈴木栄吾が同じ運命になっている疑問だった。

「なんともいえませんね」

百介の声は空洞の中で奇妙な響きを持った。

「なにしろ、ここに打捨てられている死骸は、みんな脱走者ばかりですからね。ただし、この白骨はみんな古い。しかし、栄吾は死んでから三月《みつき》くらいしか経っていない。まだ肉は完全に溶《と》けていません。それがこの中に栄吾の死体がないという唯一の確証ですね」

「では、栄吾はどこに捨てられてあるのですか？」

「捨てられてあるというよりも、埋められているといったほうが適切かもしれませんな。この洞穴だって、外からはちょっと分らない。まあ、一種の埋葬です。そのほか、本当に土の中に埋めたものもあるでしょう。ただ、われわれにその正確な場所がわからないだけです」

「衣類なんか、どう始末するのでしょうか？」

「それは、処刑した者が焼いてしまったように思いますね。ここに残っている死骸は古いから、着物もとうに朽《く》ちて跡形もなくなっています。だが、栄吾の死体はまだ当時の着物をきたまま骨になりかけていると思います」

河村百介は外へ出よう、と言った。銀之助は窮屈な思いで出口へ這《は》った。

銀之助が手探りしながら歩いていると、急に背に異様な空気を感じた。

何か、皮膚が麻痺するような強烈な感覚だった。

銀之助は、とっさに狭い場所を考えた。自分の背後が無防備だったことも瞬間の計算だったし、本能的に身体を壁につけると、刀の鯉口をゆるめた。

殺気は銀之助が前に経験したものと同質だった。西山温泉の風呂場でふいに襲われたときに似ている!

銀之助の皮膚にうすい汗が浮んだ。うしろの蠟燭の灯が静止している。映しだされた岩の影が動かなかった。

その空気に緩《ゆる》みが感じられたときだった。

「はっはっはっは」

うしろで河村百介が笑った。声は穴の中で喚《わめ》きになった。

「いや、失礼」

百介が普通の声で詫びた。

「どうやら、びっくりされたようですな。急に髑髏などお見せして申訳なかった。前もってお断りしておけばよかったのですがな」

たしかに、白骨を見せられたのは銀之助に衝撃だった。

しかし、いまの殺気はどうしたことか。

殺された人間の骨から出た妖気でないことは確かだった。

二人は元の路に帰った。

遠い山の裾が蒼白くなっている。夕靄は林の奥に立ちこめ、あたりの光線が急速に吸い取られてゆく。

銀之助の横に河村百介が歩いていたが、またもや屈託のない顔に戻っていた。

「これから、どこに行くのですか?」

銀之助も普通の調子できいた。

「ひとまず、麓に下りましょう。これで、あんたに栄吾が最期をとげたと思われる場所の案内がすみましたからね」

「栄吾が死んだという証拠は、見せてもらえなかったですな?」

「そりゃ無理です」

と百介は言った。

「死体は、このへんのどこかにあると思いますが、正確にどこに埋められているということは、わたしにはわかりません。あるいは、このへんは山犬が多いので、野晒《ざら》しにしておくと、山犬の餌食《えじき》になる場合もあります。また、谷底に転がされたまま腐っているかもしれませんな。これは、どう手をつくしても、われわれでは及びません。いや、三浦さん、わたしが栄吾について知っているのは、これだけですよ」

44

河村百介が先に立って山を降りはじめた。

径は先ほどとは違っている。一つの山を迂回して、反対のほうへ降りて行くような印象だった。径も先ほどよりはすこし広い。

これがしだいに断崖に差しかかっていた。下に川があるらしいが、正面は空を破るような山の壁になっている。その裾も白い夕靄がぼかしたようにたちこめていた。

「足もとが危ないから用心してください」

先頭に立っている百介は、そんな注意を後からくる銀之助にした。

――しかし、銀之助は、さきほどの殺気を忘れていなかった。

いまにして思いあたるのだ。西山の湯治場の湯壺に入ったとき、同じ殺気を経験したが、そのときも、たしかにこの河村百介は湯治場に滞在していた。

なぜなんども百介から殺気を感じなければならないのか。

銀之助は理由を解こうとしていた。

――もともと、河村百介が心の許せない男だとはわかっていた。親切そうに振舞ってくれるが、彼の本性はどこにあるかわからない。いまは、さきほどの殺気で自分の敵だと知った。

だが、なぜ河村百介はおれを殺さなければならないのか。不思議な話だった。見当がつかないだけに油断がならない。彼の正体が分っていれば、防禦《ぼうぎょ》の方法もあろうが、得体《えたい》が知れないということは、いつ、ふいに襲われるかわからない危険にさらされている。

こうして歩いていても、一方は山で、一方は何十丈とも知れない絶壁なのだ。道幅は細く、二人とならんで歩けない。百介が銀之助の前を歩いているのは幸いだった。とても、彼をうしろにしては歩けたものでない。

銀之助は、百介の敵意がどこにあるか知りたかった。反感といったなまやさしいものではないのだ。これは本気に自分を殺そうとかかっている。……

径《みち》は崖の屈折に沿ってついている。一つの角を曲るたびに、まるで違った景色が現われ、歩いてきたもとの景色にもどったりする。むかいの山は黒い姿に暮れはじめていた。

「ちょっと、お待ちください」

突然、河村百介が立ちどまった。

「すぐ、ここに戻ってきます」

そう断わると、百介は身体を折って断崖の端に脚をおろしかけた。そこは灌木《かんぼく》の草むらが縁に繁っていて、絶壁の下を視界から隠している。

百介はするするとはいおりて、その繁みの中に身体を隠した。

不思議なことをする人だと、銀之助は思った。いったい、何をするのだろうかと、自分も崖ぷちから下をのぞいた。

斜面の繁みが動いていた。百介の上半身がゆっくりとはいおりている。

対手がなんの説明もしないので、こちらも質問のしようがなかった。最初はその妙な行動に警戒したが、どうやら銀之助には関係ないことらしい。

斜面の下の草の動きがやんだ。上からはかなりの距離がある。

百介の頭がわずかに見えたが、何やら谷底のほうをのぞいているようだった。

山中のことだし、何が百介の注意をひいているのか。

それにしても、百介がこの辺の山の地理に精通しているのにはおどろいた。彼が危険をおかしてこの斜面を降りてなにかを確めている以上、ここは、百介が何度もきたことのある場所にちがいない。

絵図面係《えずめんがかり》というのは、これほどまで山に経験を持っているのかと感歎した。

まもなくふたたび草が動きはじめて、百介の身体が登ってきた。銀之助の立っている位置からほとんど垂直に見えるくらいだった。

「やれやれ」

百介は径にはいあがると、手をたたいて土を落した。

「どうも、お待遠さま」

百介は銀之助に会釈したが、その顔が蒼ざめてみえた。折から濃くなってきた夕闇がそうみせたかもしれない。名も知れない鳥がけたたましく鳴いた。

河村百介は、じつは谷に落ちているお蔦の死骸を確かめたかったのである。

銀之助をつれて山を歩いていたのだが、偶然にお蔦を蹴《け》おとした断崖にさしかかった。これは自分でそうと気づいて、はっとしたくらいだ。

(因縁?)

ばかな、と自分の臆病をわらった。

そんなことがこの世にあってたまるか。――

これが余人だったら、死人の霊が下手人《げしゅにん》をこの場所に招いたと恐れるかもしれない。が、おれは違う。たまたまここを通りかかっただけだ。女の怨霊《おんりよう》などあるものか。

百介が急に危険をおかして断崖をおりてみる気になったのは、自分の心を奮《ふる》いたたせるためだった。必要のない行動だが、そのときの気持は、何かそうしないではいられなかった。

断崖は二、三十丈はたっぷりとある。深い谷底はすでに夜となっている。それでも、途中まで降りて下をのぞかないと気が済まなかった。たしかに、この場所だったのだ。

むろん、上から死骸が見えるはずはない。あのときは、あの女は断崖を石のように転がって見えなくなった。多分、川に露出している石に頭をわって即死したことであろう。

あれから時日もたっている。川の激流で死骸が押し流されたか、でなかったらどこかにひっかかって、この辺に多い鴉にでも腐った肉をついばまれたかわからない。それを承知して現場の上まで降りたのは、怯《おび》えそうな心に自分の勇気を見せるためだった。

途中まで降りて、さらに足場のないような崖下をのぞいたとき、川の音が耳に入るくらいで、一物も眼には映らなかった。この断崖から自分の身体がすいこまれそうな錯覚をおぼえたくらいで、女の怨霊など彼を捉《とら》えはしなかった。

（ざまを見ろ）

と心の中で大きな罵声を上げたくらいだ。

（怖れはしない。いくらでもおれを恨め。だが、おれは負けないぞ）

彼はわざと下に向って拳で胸をたたいたくらいだ。

百介が上の路にはいでると、三浦銀之助が妙な顔をして立っていた。百介の行動が解《げ》せないでいる。もっともな話だ。この男は何もわかってはいない。

江戸でどんなことをしていたか知らないが、甘い男だと思った。こちらの口一つで、どのようにでも引きずりまわせる男だ。りこうそうな顔はしているが、この山国に入ったら、とんと知恵が働かない。

（しかし、たしかにできる）

腕のことだった。先ほど見せた身構えは尋常ではなかった。いや、それよりも、こちらの殺気をいちはやく感じ取った修練など、ぼんやりとした顔付きに似ず相当なものだとおもっている。迂闊《うかつ》なことはできない。

「いや、じつは、この下にも径《こみち》がついていましてね」

百介は説明した。

「そこまで降りてゆくと、麓《ふもと》に行くのがずっと近いんです。川縁ですからね。川について行けば、これは真直ぐな道程《みちのり》です。それを見に降りたのですが、もう、駄目です。すっかり荒されていてわからなくなっています」

「なるほど、そういうことでしたか」

と銀之助は百介のうしろでこたえていた。

「わたしはまた、なにがはじまったのかと思いましたよ」

「どうも、心配をかけました」

「いやいや。で、河村さん、われわれはこれからどこへ出かけるのですか？」

「この麓へ降りると、台里《だいり》という村になります」

「台里？」

「ご存じですか？」

河村百介は振りかえって銀之助を見たくなった。きっとおどろいた顔になっているに違いない。

「いや、名前を聞いただけです。西山に逗留《とうりゅう》したときにね」

「西山には近いですからな。いや、三浦さん、今夜は、わたしの知った家がその村にあるから、そこに泊りましょう。なあに、親類みたいに心安くしている家です」

路は少しのぼりにかかってきた。

これは一つの峠路になっていて、そこを越せば真直ぐに台里に降りられるのだ、と百介は説明した。

峠をこすと、急に視界がひらけた。今までは谿谷《けいこく》沿いの狭い空だったが、ここは山裾《やますそ》がゆるやかな波のようにうねって下に拡がり、その先に盆地がのぞいている。

銀之助は百介のあとから下りて行ったが、葉が落ちた冬とはいえ、山林は深い。展望は、山裾の出入りのため閉じられたり開かれたりした。

ある場所にきた。

(おや?)

銀之助は思わずあたりをみまわした。

どうも、見憶えのあるような地形だった。すぐ眼の前に見える山のかたちも、一度ここに来たときの記憶にある。

(はてな?)

と考えたとたんだった。

そうだ、ここは、たしかに、あの火祭りの夜、追手に追われてにげて窪みに落ち、気を失ったとき助けられた炭焼小屋の近くだった。親切な夫婦が介抱《かいほう》してくれてようやく江戸に戻ることができたが、その炭焼小屋から見た景色が、ちょうど、このままの情景なのである。

山林のたたずまい、山稜の流れのかたちに、たしかに憶えがある。

銀之助は眼を忙しく働かした。炭焼小屋が近くだったら、当然のことに、あのときの礼を述べたいと思った。

だが、視線には、山と林以外にはなにも映ってこない。

(どこだったか？)

不案内な山だから、その方向がすぐにとらえられなかった。

思い切って、前を歩いている河村百介にきくことにした。この男なら、この辺の地理を熟知している。

「炭焼小屋ですか？」

銀之助の質問を受けて、百介は立ち停ってふりかえった。

「ああ、たしかにありましたね」

「あった……とは？」

銀之助の耳は百介の妙な返辞をとがめた。

「は、ははは。すでに無くなっているのですよ」

「え？　すると、どこかに移転したのですか？」

「それをお話する前に、わたしのほうからききたいが、あんたはよくその炭焼小屋のあることをご存じでしたね？」

銀之助は困ったが、これは説明するほかはなかった。この話を打明けた結果、自分には不利になっても、いい結果にならない予想はあったが。

「そうでしたか」

と百介はなんどもうなずいた。

「そりゃご災難でしたな。いや、災難といえば、その炭焼夫婦もひどい災難をうけましてね」

「ほう？」

「いや、道順ですから、話をする前に、現場をお目にかけますよ」

百介は少し脚を速めたが、やがて、一部の山林の切れたところにたちどまった。

「三浦さん、あれをご覧なさい」

百介の指さした方向を銀之助がのぞいて、思わず声をあげるところだった。

そこは木立ちが切れた台地になっているが、黒い木が地上に崩れ落ちたまま散乱している。

銀之助の眼にも、それがあの炭焼小屋の焼けおちた跡だということは、すぐにわかった。

「火事があったのですか？」

と銀之助はせきこんできいた。

「左様、火事ですな。火事にはちがいありません」

百介はゆっくりと答えた。

「気の毒な」

と思わず夫婦のことが脳裏をはしった。

「いつですか？」

「いま、あんたの話をうかがってようやくわかったのですが、それは、あんたがその小屋を出て行かれてまもなくだったと思います」

「なんといわれるのです？」

銀之助はきっとなって百介の横顔をみつめた。百介のいい方は、火事の原因がいかにも銀之助にかかわりがあるといいたげだった。

「いや、正直に話しましょう」

百介がいった。

「火事も、あの夫婦たちの不始末から起きたのではありませんよ。焼かれたのです」

「焼かれた？　だれに？」

「わかりません。焼いた連中がどんな男たちだったかもね」

「男たち？　すると、一人や二人ではないわけですね？」

「そう考えてまちがいはないでしょう」

「それは、あの夫婦がわたしをかくまってくれたからですか」

「さあ、その辺のところはわたしにはわかりません」

百介はやはり平静な口調で答えた。

「ただ、これだけはお話できます。あんたを助けたその夫婦者は、火事がしずまると同時に、その死骸が樹にぶらさがっていたことです」

「なに？」

銀之助は百介の肩を不意につかんだくらい、自分をわすれた。

「もう一度、いってください。なんといわれたか？」

45

暗い。月がなかった。

草むらに庄太と亀五郎とがひそんでいた。霜がこおりそうな晩である。

山根屋敷の黒い屋根が遠くにあった。ほの白い筋が走っているのは、屋敷の囲んでいる長い塀《へい》だった。

ほかの黒い影は、森のように茂った植木屋の木立《こだ》ちである。むろん、これは近くだけが見えて、遠い森は闇にとけこんでいた。道だけがほのかに区別できた。

亀五郎は咳をした。咳込みながら自分で着物の袖をかんで声を殺している。

「おい、亀」

樹の蔭にうずくまりながら庄太がいった。

「おめえ、風邪をひいたな？」

「なんの、風邪なんぞひかねえ。ただちょっと唾にむせただけだ」

「強情をいうぜ」

「これで、ここにしゃがんでいるのも今夜で三晩目だ。夜更《よふ》けから朝までの間だから、冷え込みのさかりだ。風邪を引くのは当りめえだ」

「何を言やあがる。おめえだけが元気だといってるようだぜ」

「そうか。まあ、気を悪くしねえでくれ。おらア、ただ、おめえが身体を悪くしやしねえかと心配してるのだ」

「なんの、これしき、たいしたことじゃねえ」

「おめえなんぞは、毎晩、寝酒《ねざけ》でも飲んで、温ったけえ蒲団にくるまっていられる身分だ。無理をすることはねえぜ」

「やい、庄太。気にさわることを言うな。おめえだけが強えと言ってるようだぜ」

「そうじゃねえ。おれだって、本当は、このひえこみにはまいってるのだ」

庄太は低い声でいった。

「一晩だけじゃねえからな。それに、こうしてしゃがんでいても、何か面白えものでも動くのだったら別だが、ただの寒行《かんぎょう》じゃ、こりゃ気持もゆるまあな。人間、気がゆるむと身体の皮が弱くなるというからな」

「おめえに似合わず弱気をいうぜ。おっと……」

慌てて亀五郎が庄太をせいした。

急に耳を地面にすいよせたのだ。

「誰かくる」

庄太が草の上を膝であるいて、前方の闇の中をすかした。

「おめえは夜の眼がきく。どんな野郎かわかるかい？」

亀五郎が首を上げていった。

「うむ、何だか知らねえが、人が歩いてくる……おや、立ちどまったようだぜ」

「どこだ？」

「弥助の家の前あたりだ」

「なに、あのおやじじゃねえのか？」

「背の高え野郎だ……亀、ちっとばかり様子をみようか」

「合点だ」

二人は草むらを匍うようにして位置を動いた。

「おや？　旅支度《たびじたく》の男だ。立ちどまってあたりを見まわしてるぜ」

庄太が小声でいった。

「あれは植木屋の前だ。野郎、あの家のなかにはいるつもりだな」

その言葉に違いはなかった。ここに二人の男が忍んでいるとは知らず、笠と合羽《かっぱ》の背の高い男の黒い影は、前後を見まわしたすえ、植木屋の木立ちのなかにさっと姿をけした。

「やっぱりそうか」

小間物屋の亀五郎がいった。

「庄太、おめえは親分についてこの辺をうろうろした甲斐があっただけに、よくカンがきく。あの植木屋というのは、何かいわくがあるかい?」

「大ありだ。野郎が入ってもだれもいねえから、いまの間に手っとりばやいところ話してやる」

庄太は手短かに今までの経緯《いきさつ》を亀五郎に聞かせた。

「そうか。するてえと、いま入《へえ》った野郎も、まともな人間じゃねえな」

「そうだとも。まあ、もう少し様子を見てみよう。野郎、また出てくるかもしれねえからの」

二人は植木屋の近くに移動して、草むらに隠《かく》れた。枯草の匂いがする。

「庄太、今の野郎は、植木屋に泊るんじゃねえだろうな?」

「さあ」

庄太もそれを考えたところだった。男は道中姿《どうちゅうすがた》で振り分けの荷物をかついでいる。遠いところからきたとすると、夜も遅いことだし、それは十分に考えられた。

「おっと、戸があく音がしたぜ」

二人が眼を前方に集めていると、植木屋の木蔭《こかげ》から男の姿があらわれた。

今度は、合羽も、笠も、荷物もない姿だった。

「つけろ」

暗黙の間に、庄太と亀五郎がうなずきあった。

男はすたすたともとのほうへ歩いてゆく。

庄太は振返って植木屋のほうを眺めた。予期したような弥助の姿は出てこなかった。

空には星がさえている。

闇夜《やみよ》でも、あまり近づくと気取《けど》られそうなので、尾行には相当な距離をおき、ときどき、地面にはいつくばってはあしおとを聞くだけにした。

「おや、こりゃ青日《あおひ》明神のほうだな」

庄太が低くつぶやいた。

事実、背の高い男のとっている路は、青日明神の森のあるほうだった。

「油断がならねえぜ」

と庄太は亀五郎にみうちした。

「この夜更けに、どこからやって来た野郎か知らねえが、青日明神の森のほうへ歩いてゆく。いまごろ寒詣《かんまい》りでもあるめえ」

「親分がいつかいっていたが、青日明神とかいう社《やしろ》だな」

亀五郎もそれは知っていた。

二人はなおも油断をせずに尾行をつづけた。はうと凍《い》てた土が手にかたかった。

二人は、とうとう、森の入口まできた。

「やっぱり図星《ずぼし》だ。おい、庄太。野郎をとりおさえようか？」

気のはやい亀五郎ははやっている。

「まあ、待て。これからが見どころだ。何をやるか、すっかり見届けた上でふんじばろう」

かすかに枯葉を踏む跫音《あしおと》が遠くからきこえる。二人は用心しながら、その男の後を追った。

星が見えなくなった。森の中に完全に入ったのだ。それだけに闇がもっと暗くなった。

しかし、二人の眼は、すでに闇になれていた。男の行先が青日明神の社と見当がついているので、尾行もわりと楽である。間をおいて進めばいいのだ。

夜目にも青日明神の屋根がかすかに映るところまできた。

「おや、格子戸をあける音がしてるぜ」

亀五郎が注意した。

「うむ、野郎は中にはいるつもりだ」

「何をするのだろう？　面倒くせえから、この辺で威《おど》かしてやろうか？」

「待て待て。そんなことをすると、元も子もなくなる。もうしばらく様子をみよう」

庄太は亀五郎の気逸《きばや》を抑えるのに苦労した。

二人は戸のきしる音を聞いて、祠の近くに忍びよった。果して、堂の中からは赤い灯がちらちらとうごく。

「何をしてやがるんだろう？　まさか、火をつけるわけじゃあるめえな？」

亀五郎が眼をすえて庄太にいった。

「まさか……なにかを探しているのだ」

「こんなところに探すような物があるのか？」

「そいつはわからねえ。いろいろと不思議の多い社《やしろ》だからな」

「堂守が帰ってきたんじゃあるめえな？」

「おれもそう考えたが、堂守でもねえようだ。それだと、なにも旅支度を植木屋で脱いでくるわけはねえ。奴の小屋は、この傍にあるからな……おっと」

慌てて庄太が亀五郎の口をふさいだ。

堂内の灯が消えたのだ。中での用事は終ったとみえる。

堂の板が痛んでいるせいか、ギーっときしる音がした。例の男が堂から出て縁側でもふんだらしい。

「庄太」

亀五郎は祠《ほこら》から降りた地面の男の姿に身体を乗り出していた。

「やっつけよう」

「よしきた」

庄太もこれ以上亀五郎を抑えることはできなかった。彼はやにわに膝をおこすと、男の黒い影をめがけてとびだした。

「やい、待て」

庄太は大喝《たいかつ》した。

「そこで何をしてやあがる、名を名乗れ」

「おれたちは御用の者だ」

亀五郎もつづいてわめいた。

立っている男は一瞬ぎょっとなったらしい。立ちすくんでいたようだったが、やにわに落葉をけちらして逃げはじめた。

「逃げるな。待て」

二人は後を追っかけた。

脚の速い亀五郎は男の腰に組みついたようだった。

「うぬ、神妙にしろ」

つづいて、庄太がその声を頼りにとびこんだ。

二人は同時に男の両腕を左右から押えたが、たちまち振りはなされて地上に転んだ。庄太も腰を樹の根にいやというほど打った。対手の逃げる跫音を聞いたのは、その後からである。

「やい、待て」

亀五郎が態勢をとりなおして後を追った。

「馬鹿力《ばかちから》のある男だ」

亀五郎は、ぼやきながら戻ってきた。

「庄太、大丈夫か?」

「腰を木の根にしたたか打たれて、息が止りそうだったが、もうなんともねえ」

「意気地《いくじ》のねえ話だ。江戸の岡っ引二人が、田舎者ひとりに手玉にとられたんだからな。お天とうさまの光っている下では見られた図じゃねえ」

「なるほど、おめえのいうとおり、あれは田舎者だ、体のこなしといい、馬鹿力といい、江戸もんじゃねえな」

二人は祠の階段に足をかけた。

「亀、蠟燭《ろうそく》に灯を点けろ」

岡っ引だから蠟燭の用意はしていた。殊に夜の見張りだから準備はできている。亀が燧石《ひうちいし》を鳴らした。灯りがつく。

「さあ、入ってみよう」

二人は堂内に足をいれた。

亀の手の蠟燭の灯が、狭い建物を照らした。天井の梁が蛇のような黒い姿で揺らいだ。

「亀、もっと灯をこっちにみせろ」

うずくまっていた庄太が、蠟燭の灯を手許《てもと》によんだ。

「おや……野郎、ここを壊したな」

明神社は普通の神社とは違い、拝殿から形ばかりの本殿に続いている。庄太が眼をみはったのは、本殿の格子戸が開いていることだった。彼は垂れさがっている短かい几帳に手を入れた。

「おや、ここには何にもねえぞ、よく灯を見せてくれ」

亀五郎が蠟燭をさし出した。灯《あか》りは空虚な内部を照らした。そこは神棚になっているが、一物も残っていない。

「庄太、何か、その中に匿《かく》していた宝物でもとりだしたのかい？」

亀五郎が訊いた。

「いいや、そうじゃねえ。こんな不用心なところに大事な物を蔵《しま》っておくわけはねえ。盗まれたのはご神体《しんたい》だ」

「なに、ご神体だと？　ふむ、こんなちっぽけな社のご神体なら、どうせ古ぼけた鏡か紙ぎれに決っている。そんなケチなものをどうして野郎は、盗み出したのだろう？」

「何だか知らねえが、それが目的だったのだ」

庄太は事情をくわしく知らぬ亀五郎に、この忙しいさなかに説明する間《ま》はなかった。

「ちぇっ、埃《ほこり》だらけだ。さあ、亀、出よう」

二人は元の地面におりた。

「庄太、今の野郎があの植木屋で旅仕度を急いでいるのは間違いねえ。これから行って取り押えてやろうか?」

「待て。いまごろ行っても追っつかねえ。あの植木屋のおやじもくわせものだから、そんな奴は来ていねえ、といえばそれまでだ」

「家探ししたらどうだろう?」

「よっぽど、おめえ癪《しやく》にさわったようだな」

「あたりめえだ、江戸っ子が、おめえ……」

「まあ、そうむきになるな。たとえ家探ししても、対手《あいて》があの植木屋でいつまでもぐずぐずしているとは思えねえ。とっくにどこかに行っているはずだ」

「どこかとは?」

「おれにはちっとばかり心あたりがある。それよりも、亀、いまの野郎は田舎者にちげえねえが、おれのカンで、鍬《くわ》をかついでいる百姓とは思えねえ。あの野郎は山育ちだ」

「山育ち?」

「それも、野猿の出るような山奥だ。身体の頑丈さといい、力の強いことといい、脚の早いことといい、そうとしか考えられねえ」

この庄太の考えは、翌日、薬研堀に親分の常吉を訪ねたときも変りはなかった。

「そうか」

常吉は煙管《きせる》をくわえて腕組みした。

「親分、あっしが思うのは、そいつはきっと甲州の台里村の奴かしれませんね」

庄太は膝を進めた。

「今ごろ、青日明神の神体を盗み出しにきた了簡《りようけん》は、何でしょうね?」

「さあ?」

常吉も眼を天井に向けていた。

「こうなると、あの植木屋と台里村の奴らとが結び合っているのが、はっきりしましたね。亀が植木屋に踏みこもうといいましたが、あっしは、とっくにそこを出ていると思いましたよ」

「それじゃ、どこにいったと思う?」

「へえ。おおかた、山根屋敷じゃねえかと思います」

「庄太、おめえも、だいぶん、頭が働くようになったな」

46

常吉が八丁堀の与力《よりき》杉浦治郎作の役宅に行くと、杉浦は非番で、庭で盆栽いじりをしていた。

「杉浦の旦那、どうも、ごぶさたいたしました」

常吉は畳に坐って、庭先にいる杉浦にあいさつした。

「ご苦労だったな」

杉浦は常吉を見返ったが、すぐに座敷にあがってくるのでもない。濡縁《ぬれえん》に腰を掛けて、盆栽の松の枝ぶりを直している。冬とは思われない暖い陽が狭い地面におりていた。

杉浦はむっつりとして指先を動かしている。常吉は座敷にかしこまったままその様子を見ていたが、杉浦の不機嫌は彼に心当りがあった。

今日、呼び出しがあったのも、決して、いい用事ではないのだ。

「待たせたな」

杉浦はようやく手をふいて常吉の前にあがってきた。

「どういたしまして……今日は、いいお天気でございますね」

常吉は、対手《あいて》がかかり与力《よりき》だから機嫌をうかがった。

普通、岡っ引といっても奉行所に直属しているわけではない。それぞれの与力の下で小者として働いているのだが、だいたい、自分の住んでいる土地を探索のなわばりとしていた。

「朝晩は、やはり冷えこむ」

杉浦はぼそりといった。わざと癇性に手を鳴らして、妻女に茶を運ばせた。にこりともしないのだ。

この人は感情をすぐ顔にあらわす。機嫌のいいときは、始終、好人物のように笑顔をつづけ、冗談や洒落を飛ばす。今日は、彼の一番機嫌のよくない日とみえた。

「常吉」

杉浦はいった。

「近ごろ、どうしている？」

「へえ……べつにこれという事件《こと》もないので、毎日、遊んでるようなものでございます。世の中が治《おさ》まってる証拠で、よろこばしいことでございますが……」

「うむ、少々、ひますぎて困るというのか」

いつもだったら、この言葉は常吉をおだてるように聞えるが、今日は、その逆の意味をふくんでいる。

「いいえ、そういうわけではございません」

常吉がおとなしく首を横にふると、

「いや、そうだろう」

対手は言葉尻《ことばじり》をつかまえた。

「どうやら、おめえの子分はひますぎて、ちっとばかり悪戯をしすぎてるようだぜ」

「へえ?」

常吉は、杉浦が何をいってるのかよくわかった。いや、今日、呼び出しがあったときから、すぐに胸にきたことだ。

「へえじゃねえ。おめえの子分は、まだ小梅あたりをうろうろしているらしいな」

「と申されますと?」

「おい、常吉。とぼけるんじゃねえ。おめえが子分のしたことを知らぬはずはねえ」

常吉には、庄太と亀五郎が小梅の山根屋敷を見張ったことを杉浦が指《さ》しているのだとわかっている。それはすぐ合点《がてん》がいったのだが、張込みがすぐに杉浦の耳に入った速さにおどろいた。

「ありゃなんの真似だ？」

杉浦は怕《こわ》い眼で常吉をにらんだ。

「まさか、用もねえのに酔狂《すいきよう》で、この寒空を野良犬みてえにうろついているわけでもあるめえ。それとも、なにか事件が起ったのか？　もし、事件《こと》があれば、おめえもおれの耳にいれるはずだよな」

与力は、気の荒いときには伝法《でんぽう》な言葉を使った。

「何だか知りませんが、もし、わたしの子分がそんな真似をしているのでしたら、これから帰って、よく問いただしてみます」

「なに、問いただすと」

杉浦は常吉の顔をじっと見ていたが、思い直したらしく、

「そうかい、じゃ、そうしてくれ。……合点のいかねえことだよ。おめえの子分がそうするはずはねえと思ってるが、さるところから知らせがあってな。おれもこまってる」

杉浦は、ここでやんわりと調子をかえた。

「この前、おめえにはきっと言っておいたはずだ。花屋殺しの一件は、お上《かみ》のほうに考えがあって、探索のほうはやめるようにとな。おめえも忘れはしねえだろう？」

「へえ、憶《おぼ》えております」

「お上にもいろいろとご都合がある。念のためにもう一度言っておくが、あの一件はやめておけ」

理屈に合わぬ話だった。事件の探索を中止しろと言い、その理由として、これ以上捜査をつづけても見込みはなさそうだと杉浦はつけくわえた。

しかし、探索はまだ途中の段階だった。むつかしい一件だが、まだ絶望だという結論はでていない。一方、探索の中止はお上の都合だといい、杉浦の言葉には前後の理屈があっていなかった。

しかし、岡っ引の身分では、与力にそれを正面切って質問するわけにはいかない。身分が違うのだ。

のみならず、お上の都合という言葉は、常吉などが口を入れられぬ絶対的な権威があった。一度はそう命令しておいたのだ。それを聞かないで子分がうろついているのは、自分の言うとおりにならないのか、という威嚇《いかく》が杉浦の面上にあった。

しかし、杉浦のその表情を見ても、彼一人の考えでないことは常吉にはよめた。つまり、杉浦はもっと上のほうからそのことをきつく命じられているのだ。

常吉には、その筋道がありありと眼にうかぶ。山根伯耆守あたりが老中に苦情《くじょう》を持ちこんで、老中から町奉行に叱言《こごと》をいわせる。だいたい、そんなことだろうと察しをつけた。常吉からみると、雲の上の話である。そう思ってみると、杉浦の怒りはすぐ上からの叱責にあるようで、かえって気の毒なぐらいだ。

「よくわかりました」

常吉は頭をさげた。

「もし、わたしの手下の者がそんなことをしていたとわかったら、きっと叱りとばしておきます」

「ぜひ、そうしてくれ」

と杉浦はようやく顔色をなごませた。

「こりゃ上のほうからの意見だが」

杉浦は本音らしいことをはいた。

「今度だけはお目こぼしくださるそうだ。だが、この次に同じことをやってると分ったら、こりゃどんなことにならぬとも限らぬ」

「杉浦の旦那」

常吉は顔をあげた。

「そりゃどういう意味でございますか?」

「どういう意味だと?」

杉浦はまた怕《こわ》い眼つきをして常吉をみた。

「おめえにはそんなことがわからぬか。上のほうで考えられてることを再三破ってみろ。まず、おれがどんなお叱りを受けるかわからねえ。いや、おれが叱られるだけでは済まされない。おめえの身にもどんな災難がかかるかわからねえぜ」

「へえ」

常吉は腰から煙草入れを抜いた。落着いて煙管を取出し、莨盆《たばこぼん》の火をつけた。

「お言葉はよくわかりました……ですが、そいじゃ殺された花屋の亭主は浮ばれないことになりますね」

「なに?」

「いいえ、探索が中途半端《はんぱ》になったことでございますよ。それは、お上のご都合もございましょうが、殺された当人や、遺された一家の者にとっては、あきらめきれねえ話でございますね。いいえ、旦那。お言葉はよくわかりますが、わたしはただ単純な見方から申し上げているだけでございます。先ほどお話にも出ていましたが、あの探索はまだ突き止めたところまでいっておりません。これがわたしの手でどうにもならなくなったときは、恐れ入りましたと、こちらから願いさげをするところですが、その辺がまだふっきれねえのでございます」

「そんなことは、おめえが心配するにゃおよばねえ」

杉浦はまた腹立たしそうにいった。

「おめえは、ただ引っこんでおればいいのだ」

「へえ」

「なにも、お上が一件の探索をまるきり止《や》めたわけでもねえ」

「とおっしゃいますと？」

常吉は愕いた眼で杉浦をみつめた。

「あれは、駒形《こまがた》の吉蔵《よしぞう》に後をつづけさせることになった」

「吉蔵が？」

常吉は啞然《あぜん》となった。吉蔵というのは、二代目だが、ぼんくらなことでは岡っ引仲間の笑い者になっている。この一件を常吉から取上げて、無能な吉蔵にやらせる奉行所の下心《したごころ》は、事件をウヤムヤに葬《ほうむ》る算段《さんだん》とはっきりわかった。

「さようでございますか」

常吉は、そう返事するほかはない。探索の係《かかり》を替えられても文句のいえない立場だった。

「そんな訳だから、常吉、もう、おめえのでる幕じゃねえのだ。いいな？」

「へえ」

「どうやら、不服そうな顔をしているな」

杉浦は常吉を嗤《わら》うように眺めた。

「もし、こんど、おめえが妙なことをしたら、十手、捕縄はお上に返上することになるとおもえ」

この最後の言葉が、常吉の胸の中に石のように落下した。

「親分は起きていますかえ？」

門口で庄太の大きな声が奥のほうまでつつぬけにきこえた。

女房がすぐに報《し》らせにきたので、常吉は庄太を座敷にあがらせた。

「親分、おはようございます」

庄太はいつになく昂奮した顔をしていた。

「ばかに早いじゃねえか、どうした！」

「へえ、実はえれえことが起りましたので、早く親分の耳に入れようと思いましてね。小梅の例の青日明神の社《やしろ》が昨夜火事で焼けたそうです」

「なに？」

常吉はさすがに、はっ、となった。

「今朝、その噂を聞きましたので、本当かどうか、まだ実地を見ていませんが、とりあえず注進《ちゅうしん》におよんだわけです」

「火事は真夜中《まよなか》か？」

「詳しいことはまだわかりません。その話を聞いて、ここへすっ飛んできましたから」

常吉は腰を上げるかわりに、長煙管に煙草をつめた。

「親分」

庄太は忙しそうにいった。

「青日明神の火事はただごとじゃねえ、ひょっとすると、証拠を消すためじゃねえでしょうか？」

「そうだな」

常吉の脳裡《のうり》には、神体を盗まれたという昨日《きのう》の庄太の報告がよみがえった。

「これからすぐに行ってみますかえ」

「まあよそう」

庄太はびっくりした。

「そ、そりゃ、どういうことですか？　青日明神が丸焼けになったんですよ」

「庄太。あの一件からは手を引けと昨日も杉浦の旦那からいわれたばかりだ」

「そいつは、この前もききました」

「そうじゃねえ。おめえと亀とが山根屋敷の辺りをうろついたのが、杉浦の旦那の耳に入ったのだ。昨日呼びつけられて、えらい叱言《こごと》よ」

「そうでしたか」

庄太の頭にも、山根屋敷から出てきた鹿谷の顔がうかんだようだった。

「まあ、いい。こちらで止めても、駒形の吉蔵が引きうけてくれるそうだ」

「吉蔵親分が？」

庄太もあきれた顔をした。

「うむ、そんなわけだ。青日明神が焼けようが、氷川明神が丸焼けになろうが、おれたちにはかかわりのねえことだ」

「親分、そいつはいけねえ」

庄太は叫んだ。

「おめえさんまでがそんな弱気なことをいっちゃいけねえ。なに、杉浦の旦那からどういわれようと、この一件からひきさがっちゃいられねえ。今までのおめえさんの気性にはねえことだ」

「うむ」

常吉は落ついて煙の輪を吹いていた。

「おめえさんが嫌でも、あっしは一人でも飛んで行きます。なに、親分には迷惑はかけねえ。あっしが親分のところから勘当になればそれですみます」

「なに、おれのところからでていくのか？」

「おめえさんに迷惑がかかればという話です。ここまで苦労した事件だ。青日明神が焼けたと聞いては、あっしはとてもじっとしていられません」

庄太の言葉は常吉にもよくわかった。彼は杉浦治郎作が、こんど、おれが言葉にそむいたら十手を返上させると言った最後の言葉が耳によみがえった。

そうだ、おれも十手を返す覚悟になろう。——庄太の気持が彼を引きずった。

「おい、お菊。羽織をだせ」

庄太が横から膝をたたいた。

「やっぱり親分だ」

だが、庄太の単純な心とちがって常吉の気持は重かった。これ以上この事件にふかいりすれば、それがどういう形ではね返ってくるか、およその想像がついていた。

「庄太、とても歩いていたんじゃ間にあうめえ。辻駕籠《つじかご》を雇《やと》ってくれ」

「合点です」

二人が小梅の現場に着いたのは、半刻《とき》ばかりの後だった。火事のあったことは庄太の聞いた噂どおりだったが、その現場を一目見て、常吉も庄太も棒立ちになった。

青日明神の祠《ほこら》のあった辺りは、黒こげの木が散乱している。辺りにはまだキナ臭い匂いがたちこもっていた。建物は一物も残していない。近くの立木の梢も焼けおちていた。

「あそこに立っているのは、吉蔵親分らしいですよ」

常吉にもその姿は見えた。四、五人の子分と一緒に若い吉蔵が仔細《しさい》気《げ》にたたずんでいる。

吉蔵も常吉が来たのを気づいたらしく、向うから歩いて近づいてきた。

「これは、薬研堀《やげんぼり》のおじさん」

吉蔵は皮肉そうなわらいを白い顔にうかべた。

「おめえさん、朝からこの辺に遊びにきなすったのか」

「なに、ここに火事ができたと聞いて、三囲《みめぐり》さまに詣る途中、まわりみちしてきたのだ」

「そいつはえれえ心配をかけた。なに、わざわざ、おじさんに見に来てもらうほどのことはねえ。火事は失火だ。なあに、乞食が焚火《たきび》をして火事を起したというわけだ」

「ほう、乞食の焚火かえ？」

今度は常吉が鼻で嗤《わら》った。

47

駒形の吉蔵は、初めから常吉に白い眼をむけていた。彼は自分の年の若さと、二代目という負目《おいめ》を逆の傲慢《ごうまん》さで顔にだしていた。

常吉には、それがよくわかっている。

「乞食の焚火か」

常吉はいった。

「何か、それには証拠があるかえ」

吉蔵は、じろりと常吉をみた。

「証拠もへったくれもねえ。祠の中には人がいねえのだ。火は床下から出ている。ほれ、あそこに真黒に焦《こ》げているのが床下の板だ。床下で火焚く奴は、野宿の乞食にきまっている」

「その乞食は、つかまったかえ?」

「薬研堀のおじさん、無理を言っちゃいけねえ。自分で火を出して、いつまでもこのへんにうろうろしている乞食はいねえ。とっくに逃げていらあな」

「おめえ、その乞食をさがしたかえ?」

「いちいち、おめえさんの指図《さしず》を受けるまでもねえ。そのほうは手をまわしている」

「おめえの言葉だが」

常吉はあざ笑った。

「乞食はおめえの子分の縄《なわ》にはかからねえだろうよ」

「なんだと?」

「今ごろは親分の威勢をおそれて、江戸の外ににげているかもしれねえからな」

吉蔵は苦い顔をした。

常吉は焼跡から離れて林の中に入った。社の火事で近くの立木に火が移ったらしく梢《こずえ》の一部が焼けていた。

「親分」

庄太が横からいった。

「吉蔵親分は乞食の焚火だと言っていましたが、あれは、ねっからのつくりごとですね」

「うむ、誰かに吹き込まれてそう決めているのだ。乞食の探索の一件は口からの出まかせにきまっている」

「親分がここにきたのを、ひどくふくれていましたよ」

「おれが吉蔵に気に入らねえのはあたりめえだ。吉蔵に乞食の焚火だと決めさせた人間もおおかたの見当がついている」

話しながら歩いていても、常吉の眼はたえず下をむいていた。

「おや」

ふと立止って、常吉は草履の先で草を踏みわけた。

「庄太、そこに光っているものを拾っていねいに紙につつんでくれ」

「へえ」

庄太は懐紙を出して、しゃがみこんだ。

「親分、これは煙管《きせる》ですね」

「そうだ、えらく使い古した煙管だな」

それは、雁首《がんくび》も羅宇《らう》も黒く汚れて、吸口だけが鈍く光っていた。このわずかな光りが草むらの中から常吉の眼を惹いたのだった。

「庄太。こいつは青日《あおひ》明神社とかかわりあいがあるかもしれねえ。吉蔵には仁義を通さなくちゃなるめえ。おめえ、この煙管を若親分に見せて意見をうかがってこい」

「へえ、ようがす」

庄太はそこから焼跡にたっている吉蔵のところにひきかえした。

「ええ、親分さんへ」

「なんだ」

吉蔵は常吉の子分とみて、冷たい眼になった。

「こんなものがそこの草の中に落ちていましたよ。うちの親分のことづけですが、

こいつは昨夜の出火と何かの因縁があるんじゃねえかと、一応、親分におみせして
こいといわれましたが」

「なんだ、煙管か？」

「へえ」

「汚ねえ煙管だな。そんなものには用はねえ。昨夜の火事とも無関係だ。この辺の百姓がずっと前に落したものに違えねえ。現場の近くに落ちている物なら、何でも曰《いわ》くをつけるのはまちがっているぜ」

「すると、親分。これはてめえがいただいてもよござんすかえ？」

「ああ、勝手にしろ。おらあ、そんなものには用はねえ」

「へえ、ありがとうござんす」

「薬研堀の親分に言ってくれ。あんまり道草をくわねえで、三囲《みめぐり》さまに早く詣《めえ》ったほうがよさそうだとな。このごろは日がみじけえからな」

「この煙管は」

庄太は常吉にいった。

「弥助のじゃねえでしょうか？」

「おめえもそう思うか。おれも何だかそんな気がする。そういえば、いつぞや弥助がくわえていた煙管が、これと同じようだった」

「親分。これからすぐに、あの植木屋のおやじのところへいってみましょうか」

「そうだな、ここへまわって来たついでだ、ちょっとのぞいてみるか」

二人は植木屋の立木がこんもりと茂っている方角へ脚を向けた。

「ねえ、親分」

庄太は歩きながらいった。

「もし、これが弥助のだとすると、青日明神社のつけ火は、あのおやじということになりますね？」

「うむ、すぐにそうとは決められねえがかかわりはありそうだな」

「すると、青日明神の神体を盗んだ野郎と、植木屋のつけ火とは、関係がありますかえ？」

「それはあるだろう。まず、神体をあの社から盗み出し、あとで建物に火をつける、こういう順序だったとおもうな」

「神体ぐるみ、なぜ、焼かなかったのでしょうか？」

「やはりもったいないからだろうか。信仰している者には、神体まで火がつけられなかったのだ」

「では、なぜ、青日明神を焼いたのでしょう？」

「もう、用がなくなったからだ。というよりも、おれたちがこそこそとするので、青日明神を置いておくのは危くなったのかもしれねえ」

「やっぱりタダの神社じゃなかったんですね？」

「神社どころか、あすこは一味の連絡場所だったと思うんだ。おめえも知ってのとおり、社の裏には妙な絵馬が懸《かか》って、なんだかわけのわからねえ文字が書いてあった。あれなんぞも、おれの推量では、手紙の代りだと思っている。つまり、他所《よそ》から江戸に入ってきた人間との連絡だったとおもうな」

「するてえと、いつぞや、甲州街道の黒野田《くろのだ》の宿場で見た、あすこもそうですかえ？」

「そうだ。黒野田の宿《しゅく》なんぞは、殊にその必要があったと思う。宿に書き残しておくと不用心《ぶようじん》だから、あの青日明神の祠の裏に、てめえらどうしだけで読める文字を書き、あとからきた人間がその便りをよむ、という寸法だろう」

「なるほどね。すると、隣の諏訪明神社の神官が、青日明神社で人が集っている、としゃべったのは、やっぱり一味の集《つど》いだったのでしょうか」

「それはまだよく分らねえが、あんまり的外《まとはず》れの推量でもあるめえな」

「一味というと、何でしょう？　まだ、わっちにはよく合点《がてん》がいきませんが」

「おれにもはっきりとはわからねえ。だが、あの連中のかたわれが甲州の台里にいて、こっちの味方と絶えず連絡し合っていたのはまちがいねえ。それも、しじゅう、両方で往《ゆ》き来があったようだ」

「植木屋のおやじも、その一味ですね。あれはまちがいなく台里の村で見たおやじです」

「あのおやじの正体は、この一件のかなめだ。あのおやじは、何もかも知っているぜ」

「くわせ者ですね。これから行って、少し威《おど》かしてやりましょうか？」

「まあ、待て。ちょっとぐれえでは、効き目のねえ対手だ。それよりも、じわじわと攻めてゆくことだな」

「花屋の亭主殺しも、あの植木屋が知っていますかえ？」

「おれは知っていると思う。まあ、だいたいのあたりはついているが、これからどうやってこっちの網に追込むかということだ。庄太。まあ、あせらずに、じっくりといこうぜ」

「わかりました。けど、親分。これをつづけていると、また杉浦の旦那から叱言《こごと》がきませんかえ？」

「なあに、まさかのときは、預った十手を差しだすだけだ」

常吉はさすがに少し寂しそうにいった。

「しかし、わっちどもには、どうもわからねえ。この一件から親分の手をひかせたのは、どういう気持なんでしょうね？」

「なあに、上のほうでも考えのあることだ。おれたちがあれこれと推量《すいりよう》するんじゃねえ。思うとおりのことを真直ぐに進むだけだ。いいか、庄太」

「へえ、そりゃわっちどもも望むところでさあね」


「ごめん」

庄太が先に立って植木屋の表から声をかけた。

先ほどから気をつけて見ていたのだが、その辺の樹に弥助が登っている気配もなかった。家の中はしんと静まりかえっている。

庄太は二、三度つづけて声をだした。

「何かご用ですかえ？」

ようやく、奥から見覚えのある女が出てきた。

「また、おじゃまにきました」

常吉は庄太にかわった。

「弥助《やすけ》さんはいますか？」

女は鋭い眼で常吉と庄太を見ていたが、

「いいえ、弥助さんは今朝早く旅立ちましたよ」

「え？」

にげた、とすぐに感じた。まさかと思ったが、それがこちらの油断だったのだ。

「旅立ちというと、どっちの方角ですかえ」

「わたしもよくわかりません」

近所から手伝いにきている百姓女なので、事情を知らないのも道理だ。

「弥助さんは、いつ、こっちへ帰ってくるといっていたかえ？」

「さあ、あんまり日数はかからないといっていましたが」

常吉は庄太の懐ろにある煙管をださせた。

「おめえさん、この煙管に見憶えはないかえ？」

百姓女はそれをのぞいていたが、

「あ、これは弥助さんのです」

　すぐに答えた。

「やっぱり、そうか。まちがいはねえな？」

「まちがう道理はありません。この雁首《がんくび》の傷は、わたしが掃除のときに落して、弥助さんにえらく怒られたおぼえがあります」

「そんな目印があるなら間違いようはねえはずだ。それで、この煙管をおめえさんが最後に見たのはいつだったかえ？」

「昨日までたしかあったように思います。弥助さんがこれをくわえて、庭先で喫《す》っていたのを見ましたから」

　常吉と庄太は眼を見合せた。

「こうなっちゃしようがねえ。実はな……」

　常吉は内懐ろから隠している十手の朱房《しゅぶさ》をのぞかせた。

「おれたちはこういう者だ」

　百姓女はにわかに顔色をかえた。

「これは親分さんでしたか。どうもおみそれしました」

「そういうわけで、ちっとばかりご用の筋があって、弥助さんのことを調べている。

当人が他行《たぎよう》中なら仕方がねえ。これから、家の中を少しばかり掃除するから、おめえ、そこで立ちあっていてくれ」

常吉は庄太に眼くばせた。

二人は家の中にはいりこんで、押入れや天井などを探しはじめた。

百姓女は、ただ気をのまれて突っ立ってみている。

家探しにはそれほど手間はかからなかった。もとより狭い家なのである。しかし、二人は埃《ほこり》を浴びただけで、何も収穫《しゆうかく》はなかった。

「ちぇっ」

庄太がまっ黒になった手をひろげてみた。

「親分、やっぱり向うも用心していますね。なんにも残っていませんぜ」

「初めからこんなことだろうと思った。ただ念のためにやってみただけだ」

常吉はそこにぼんやりしている百姓女に向った。

「おかみさん、おめえはいつもこの家を何刻《なんどき》に帰るのかえ？」

「はい。六つ（午後六時）になると、うちへ帰らせてもらいます」

対手が岡っ引と知ってから、百姓女はおどおどしていた。

「そんならきくが、二、三日前に旅の人間がここに泊っていなかったかえ？」

「いいえ、そんな人は見かけません」

「弥助の口から、そういう話はでなかったか？」

「いいえ、なんにもきいていません」

常吉は家から出て、植木の繁ったほうへ足をいれた。

松、杉のほかは、ほとんどの樹が梢《こずえ》を裸にして、下に落葉をためていた。

常吉はその間を歩いていたが、彼の眼はある箇所で急に鋭くなった。

「庄太」

彼は呼んだ。

「へえ」

「あれを見ろ」

常吉が指さすと、庄太の眼には落葉の堆積《たいせき》の下に新しい土がこぼれているのが見えた。

「おや、なんでしょうね？」

「その落葉をかきのけてみろ。下に掘りかえした地面のあとがあるはずだ。何かが埋まっているかもしれねえ。おい、庄太。早いとこ鋤《すき》か鍬《くわ》か持ってこい」

「合点です」

植木屋だから掘る道具に不自由はなかった。庄太はたちまち鍬を持ってきて落葉を横にかきのけた。下からは、一度掘り返した土を上から被《かぶ》せた跡が、かなりな広さではっきりと現われた。

「親分」

庄太が顔色をかえたのは、鍬を打込んで間もなくだった。

「この下に人間の死骸が埋まっていますぜ、足の先があらわれました……」

48

「庄太、ていねいに仏をほるんだ」

常吉は、自分も羽織を脱いだ。

土の中から現れた脚は、しだいに上部をあらわした。庄太が死体に疵《きず》をつけぬようまわりから掘って、常吉が土を払いのけた。

現れたのは男で、小さな身体をしている。ふつうの町人や百姓と違っているのは、頭を茶筅《ちゃせん》に結っていることだった。それも元結が切れて顔の上に髪が振りかかっている。

死体は、青黒い顔に苦悶をあらわしていた。口が欠伸《あくび》をしたように大きくあいている。

「親分」

庄太が死人の顎《あご》を持ち上げた。後頸《うしろくび》には、紫色になった輪が二筋皮膚にくいこんでいた。

「ひでえことをしやあがる」

常吉は死体に手を合せてからいった。

「親分、いつ、絞めたんでしょう？」

「そうだな、わりと新しいから昨夜のうちかもしれねえ」

「やっぱり、あの火事騒ぎのときでしょうか？」

「うむ、そうかもしれねえ……庄太、このホトケは、ほれ、青日明神の隣の諏訪社の神官じゃねえか！」

常吉に言われて、庄太が死人の顔をのぞきこんだ。

「おい、庄太。蓆《むしろ》はねえか？　ここは植木屋だから、どこかにあるはずだ」

庄太が戻りかけると、植木の蔭から人影がにげだした。

「おい、待て」

庄太は追いかけて衿《えり》をつかまえたが、それは、この植木屋に手伝いにきている百姓女だった。

「おい、なぜにげるのだ？」

女はぶるぶるふるえていた。

「おめえ、おれたちのあとをのぞきにきていたんだな？　やい、ここに死体が埋めてあるのを知っていたのだろう？」

「いいえ、滅相《めっそう》もない」

女は怖《おそろ》しそうに首をふった。

「わたしはなんにも知りませんよ。ただ、おまえさんがたが、ここでなにをなさるのかと思って、様子を見にきただけです。すると……」

「仏が出てきたので、びっくりしたというわけか。まあ、いい。蓆はどの辺においてある？」

「はい、そこの納屋の中に入っています」

百姓女は膝頭の力が脱けているとみえて、その場にすくんでいた。

庄太は、物置小屋から、植木の根を包むのに使うらしい蓆を一枚引きずりだしてきた。

「親分、ここに手伝いにきている女房が、腰を抜かしていますぜ」

「そうか」

常吉は薦を死人の上にかけながら、庄太に腕を取られて蒼い顔をしている百姓女にきいた。

「おめえ、この死人の顔を知っているか？」

「はい」

女は恐怖に襲われながらうなずいた。

「諏訪明神の神官さまです」

「うむ。よく、ここへやってきたかえ？」

「二、三度、ここで姿を見たことがあります」

「弥助と話をしていたのだな？」

「はい」

「昨日、おめえがいるときは、こなかったかえ？」

「いいえ、見かけませんでした」

百姓女は暗くなると自分の家に帰ってゆく。弥助がこの神官を殺したとすると、夜が更けてからに違いない。

もし、弥助が青日明神の社に火をつけたとすると、多分、この神官殺しはその前に違いない、と常吉はけんとうをつけた。

「弥助は、この神官と心安かったかえ」

常吉は百姓女にたずねた。

「はい、よく二人で話しておいでになりました」

「それは、弥助が呼んだのか」

「いいえ、むこうから、弥助さんを訪ねてきたようでした」

「むこうのほうから？」

この返辞は、常吉にちょっと意外だった。

これまで、弥助のほうから諏訪明神社の神官に言いがかりをつけていたと考えていたのだ。

「その神官が弥助になんの用事できたのだえ」

「よくわかりませんが、神官さまは弥助さんに青日明神の絵馬を譲《ゆず》ってくれ、というような話をしていました」

「絵馬を？」

常吉はおどろいて庄太と顔を見あわせた。

「しかし、そいつは、ちっとばかり筋がとおらねえ話だな」

常吉が女にいった。

「弥助は、青日明神ではただの掃除番だ。あそこには堂守《どうもり》がいたはずだが、絵馬を譲ってくれといえば、弥助よりも堂守に頼んだほうが、順当《じゅんとう》の話だがな」

「いえ、それは神官さまが堂守さんに頼んだらしいんです。わたしはよくその話を聞いてはおりませんが、様子から察すると、神官さまが堂守さんに断られたので、弥助さんに絵馬を盗んできてくれと頼んだようです」

「盗む？」

常吉は考えた。諏訪明神と青日明神とは同じ境内にある。隣どうしの諏訪社の神官が絵馬を弥助に盗ませるというのは、どういう了簡《りょうけん》からだろうか。

「弥助は承知したのかえ」

「はい。なんでも、一枚か二枚ぐらい渡していたようでした」

「ここに神官がなんどもきたというのは、その絵馬を受けとりにきたのだな」

「そうだと思います。弥助さんがいくらかもらっていたようですから」

「そうか……そのほかに変ったことはなかったか？」

「いいえ、それだけしかわかりません」

これ以上この百姓女の口からなにも聞けそうになかった。

「親分。これからどうしますかえ？」

「そうだな」

諏訪明神の神官は誰かに殺されている。埋められたところが弥助の土地だから、下手人は弥助以外には考えられなかった。弥助は年寄りでも、若い対手を押え込んで頸《くび》を絞めるだけの力があったのだ。

「どういうわけで、弥助は神官を殺したんでしょうね」

「そいつは、おれにもよく分らねえが、青日明神の絵馬を弥助に盗ませていたところをみると、その辺のもつれかもしれねえな」

「というと」

「まあ、待て。そんな詮索《せんさく》をここでするよりも、早いとこ、仏を吉蔵に渡さなきゃなるめえ」

「しかし、親分……」

「せっかく、この辺の縄張りをちょうだいして勇んでいる吉蔵だ。もう一つ、手柄がふえると喜ぶに違えねえ。庄太、あの女に吉蔵へ注進するように教えてやれ」

常吉と庄太は、その処置をすませると、また田圃《たんぼ》道を元の方角へ引返した。

「庄太」

常吉が歩きながらいった。

「青日明神にかかっていた絵馬は、弥助の手で始末されたと思っていたら、あれは隣の諏訪社の神官が集めていたのだな」

「何のために、そんなものを欲しがっていたのでしょう？」

「それは、おれにも考えがねえでもねえが、もう少しほじくってみねえと分らねえ」

「神官が殺されたのは、その絵馬に係わりがありますかえ？」

「うむ、大ありだ。そいつが神官の命を縮めたと思っている」

庄太は、まだ呑み込めないような顔をしていた。

「親分、どちらに行くんですか？」

「諏訪明神社だ。まだ隣の焼跡には、吉蔵がうろついているだろうから、なるべく、おれたちの姿を見せないようにまわり道をしよう」

「親分、なにもおまえさんがそう遠慮しなさることはねえ」

庄太ははがゆそうだった。

「ばか野郎。吉蔵がおれたちの姿を見てかきまわしにきたらどうする？」

「へえ」

「いいから、あすこの藪《やぶ》のうしろを歩け」

諏訪明神社の横に、社務所ともつかない神官の住居があった。低い屋根に草がはえている。

「親分、閉ってますぜ」

戸に手をかけた庄太が常吉を振りかえった。

「かまわねえから、こじ開けて入れ」

ようやく戸が開いた。庄太が雨戸を繰《く》ると、夜のように暗かった部屋に明りが入った。

「おや、ここの神官は自炊のようですね？」

その辺には茶碗などがそのままにしてあった。傍らには徳利が置いてある。ためしに振ってみると、重い水音を立てた。

「この様子を見ると、神官が晩酌をしているところに、弥助が呼びに来たのでしょうね？」

「そうだ。まだ皿も汚れたままになっている。晩飯を食ってから、それほど経っていなかったのだろう」

常吉は、自分の推定がここに来て当ったと思った。もし、弥助が青日明神のつけ火をしたとすると、神官殺しはその前に行われたとみている。

「やっぱり独り者ですね。片付いているようでも、どこかうす汚ないですね」

庄太は押入などを開けて見ていた。

「その辺に、何か書いたものを置いてねえか？」

庄太は棚や押入の中を探していたが、出てくるのは、祝詞《のりと》などを書いた紙だけだった。そのほか、氏子《うじこ》から集めた金や、祭りのときの出費など記《つ》けた帳面などがあった。

「親分、こんなものしかありませんぜ」

家は狭く、ほかに探すところもなかった。念のために庄太が天井にはい上ったが、そこからも何も出てこなかった。

そのとき、表に跫音《あしおと》がした。

常吉が出てみると、見知らぬ男が、家の中の様子をのぞくようにして立っていた。

「おまえさんは、誰だね」

常吉がその男に逆に怪しまれた。常吉が身分をいうと、彼は急にていねいになったが、表情は不安げに変った。

「わたしは、この諏訪社の氏子惣代《そうだい》になっている者です。つい、この先に住んでおります」

「氏子惣代さんか。まあ、こっちへお入んなさい」

「へえ。神官さまは、今日はお留守ですかえ?」

「ちょっと事情があって、当分は帰ってこねえ……その前に、あんたに聞きてえが、近ごろ、ここの神官に変った様子はありませんでしたかえ?」

「へえ、さようでございますね……」

氏子惣代は首をかしげていたが、

「そうおっしゃれば、思いあたるところがあります。近ごろ、大そう何かに怯《おび》えておられたようです」

「ほう、何に怯えていたんだね?」

「それがはっきり分りません。わたしがきいても、当分は話したくないと言って、匿《かく》しておいでででしたがね。いつも、こう、落着いていねえで、たえずびくびくしておりましたよ」

「おまえさんは、ここにはたびたび顔を出されますかえ?」

「いいえ、それがお恥しながら不信心のほうでしてね、めったに、ここにはお詣りしません。何か用事があるときは、神官さんのほうからてまえの宅にお見えになっていましたから」

「すると、最近に神官がおまえさんのところに行ったのだね」

「その通りでございます。それで、わたしも、これは様子がすこしおかしいと思ったわけで、内々、心配しておりました。今日、ここにきたのも、二、三日前から房州の親戚に行っておりましたが、すぐ隣の社が焼けたと聞いて、様子をのぞきにきたのでございますよ」

「神官がおまえさんの家に行ったのは、何かの用だったのかえ?」

「へえ、それがはっきりした用事はねえのでわたしも不思議に思っておりました。まだ祭りには間があるし、社の修繕はこないだ終ったばかりだし、何の用で見えたか、さっぱりわかりません……ただ一つ、用事らしいものといえば、わたしの家に預ってもらいたい物があるということを言っておりました」

「預ってもらいたい物? はてね。ひとり者だから、小金でも溜《たま》ったのかな?」

「とんでもない。そりゃわたしがよく知っています、小金どころか、氏子が貧乏なので、気の毒に思っていたくらいですよ」

「おまえさんには、心当りはありませんかえ?」

「そうおっしゃれば、何か調べものをしているというようなことを言っていましたが、もしかすると、それではないでしょうか」

「調べもの？　何だろうね」

「わたしもそれをくわしく聞いていませんから、よくわかりませんが」

このとき、庄太が神官の書いた勘定の帳面を繰《く》っていたが、終りのほうに眼をとめると、常吉を呼んだ。

「親分、ここにこんなものが書いてありますぜ」

庄太が帳面をもって、その部分に指をあてた。

帳面には、氏子からの納金と、支払の金とをこまごまと書き入れてあるのだが、最後の余白に、それとはまったく関係のない文句が三行に書かれてあった。

《絵馬の文字は、九分までは判読《はんどく》できるようになった。あと一分を残すだけだが、これだけでもだいたいの意味は判る。しかし、奇怪千万《きっかいせんばん》な文句ではある》

そういう意味の文章だ。常吉は、神官の心おぼえのその筆蹟《ひっせき》に、眼を吸い寄せられていた。

49

高い山の雪に厚みがある。里はそれほどでもなかったが、山岳地帯は雪が降ったらしく、麓《ふもと》まで白くなっていた。

三浦銀之助は、筧《かけい》の水を手ですくって顔を洗っていた。空気の冷たさから比較すると水にかすかなぬくもりがある。湧き水は筧から遠くないところにあるらしい。大きな百姓家である。裏手も広い。

昨夜は、河村百介と一しょにこの家で歓待された。ふいの客だったのに、こちらが困るほどもてなされた。酒も地のものとは思えないくらいうまい。肴は、炉端で山女魚《やまめ》を焼くのだ。春に取ったぜんまいを塩漬けにしたものも出されたが、これがまた舌をよろこばせた。この辺りは、春に取れた山菜をすべて塩漬けにして保存しているのである。

銀之助は、この家に一面識もない。ただ、河村百介に従《つ》いて来て相伴《しようばん》になったというだけだ。百介は、銀之助のことを江戸の友達だと言って紹介した。

引合わせたのは、背の高い、頑丈な体格の男だった。与四郎という名で、百介によれば、この家の当主だというのだ。

百介は、この家ではすっかり馴染《なじ》みになっている。彼の仕事は、山に入って山林を調べて歩く役だから、この家がその足がかりとなっているようだ。銀之助が歓待を受けたのも百介のおかげといっていい。

昨夜、百介は遅くまでのんだらしい。元から酒の好きな男で、強い地酒でも一晩で一升はあける。銀之助は途中で閉口して、この家で準備してくれた部屋に引きとった。

蚕《かいこ》を飼うために天井が簀子《すのこ》になっている部屋もある。太い柱も黒光りがしているのだ。

昨夜一晩、銀之助は寝ていても油断しなかった。河村百介の心底がわからないのである。

その男がつれてきた家だ。なにをされるかしれないという気持が銀之助の神経をとがらせた。昨夜はあまり熟睡できなかった。雨戸の隙間から白い光線が洩れたときは、ほっとしたのだ。

百介はまだ起きてこないらしい。銀之助は蒲団を片づけて、この裏庭に出てきたのだが、ひっそりとしたものだ。

百姓家は朝が早いので、すでに畠のほうへ出ているのかもしれない。山の雪がこの里に拡がってくる間に仕事を片づけなければならないのであろう。

銀之助は、河村百介という人物がわからなくなった。最初の印象も、はらの中でものを二重に考えているような男だと受取ったが、近ごろでは、その行動がよけいにのみ込めないのだ。

甲府にきて以来、ずっとお山方《やまかた》を勤めているというから、仕事のほうは馴れた腕だろうが、ただ山ばかりを歩いて絵図面を引いている男とは単純には解釈できないのである。なにかがある。なにかこちらの分らないところでこそこそと動いている。

下積みの役人によくある型だ。受持たされた仕事は、いちおう、文句の出ないていどにやってはいるが、その裏で自分だけの目的を追求しようとする。百介の痩せた顔にも、動作にもそのような人物が強く感じられるのだ。

そんな意味では、この大きな百姓家も、どことなく河村百介が足がかりとするにふさわしいような、得体《えたい》の知れない雰囲気をただよわせていた。普通の農家のように、野放図《のほうず》に素朴《そぼく》ではないのだ。与四郎というこの家の当主も顔に一徹《いってつ》そうな表情をもっていた。

身体つきも百姓仕事で鍛えられたといえるが、それ以外に、たとえば、武士が修行の上でできた頑丈さというものを感じた。

すべて、この家が閉鎖的なのだ。

この家だけではない。こうして裏に出て、立木の間から見える近所の家も、農家にありがちな開放的な建て方ではなかった。表の通りなどは、それぞれの家が武家屋敷みたいに土塀をまわしているのだ。いま、眺めていても、人影も見えない。

すべてが暗い色調だった。これは冬という季節だけのせいではない。この村のもつ暗鬱《あんうつ》な特徴だった。

この暗さには、どこか陰惨なものが潜んでいる。——

こう感じるのは、銀之助が山で見た炭焼夫婦の焼きはらわれた小屋跡と、百介から聞いた夫婦の最期《さいご》を連想しているせいでもあろう。

これは、おのれの膝においた与四郎の手を見たとき、その指に百姓仕事とは無関係な胼胝《たこ》があるのに気づいたことにも関連がある。いや、当主だけではない。この家に働いている傭人《やといにん》が、いずれも別な修練《しゅうれん》を積んだ人間にうつった。

銀之助は、火祭りの夜、自分を追ってきた一団の人間の鋭い気魄を思いだしている。

銀之助が、地面に立っている霜柱を踏んで母屋に帰ろうとしたときだった。

彼の眼が、ふと何かを感じて、別なほうを向いた。眼が、遠くで動いているものを捕えたからである。

この裏庭には、葉を払い落した立木と、一群れの竹藪とがある。藪の向うに、この母屋《おもや》の続きになっている離れの屋根が見えた。屋根は藁葺《わらぶ》きだが、強い風にそなえて石が置いてある。

銀之助の視線がとらえたのは、その離れに歩いているひとりの人影だった。

銀之助は眼をみはった。

この老人なら、甲府の宿で真向いの料亭に坐っている姿を見ている。多勢の女に三味線などを弾かせて、華美《はで》な遊びをしていた。

その次に見たのは、身延の久遠寺だった。このときは、二、三人の傭人のような男を供につれて境内をあるいていた。白い髯が何よりの特徴で、いまも、歩き方まで身延で見たときとまったくおなじである。

老人は銀之助に気がつかぬのか、そのまま真直ぐに歩いて過ぎた。そのやや前屈《こご》みの身体が、たちまち建物の蔭に消えてしまった。

あの老人は、いったい、なに者なのか。

銀之助が自分に当てられた居間に戻ってくるまで、頭にいっぱいだったのがこの疑問だった。

あの様子では、どうやらこの家の者らしい、してみると、与四郎という当主の父親かもしれない。

だが、銀之助が甲府の宿で女中にきいたとき、老人は信州の山持だという答えだったから、この家に客分として泊っているのかもしれない。だが、この家の隠居だとすると、甲府で聞いた話は間違っていたことになる。

銀之助は、それをどちらにとっていいかわからなかった。

しかし、たしかにこの家のものとして考えたほうが自然のような気がする。甲府の宿で見たときから、老人には一種の神秘といったものが感じられていた。この感じ方は、まさにこの家の中に老人を置いて、はじめてふさわしかった。

「見ましたか？」

河村百介は、銀之助の話を聞いて面白そうな眼付をした。

百介がようやく床から起きて、顔を洗っての帰りである。彼は煙管を取出して、起き抜けの煙草をうまそうに吸っていた。

「あれは、ここの隠居ですよ」

と百介は老人のことを説明した。

「すると、当主の与四郎の父親に当るのですか？」

銀之助がきくと、

「そういう話です。今は、息子にすっかり代を譲っていますがね。当人は気楽に暮しているようです」

ここで、百介は銀之助の顔を見て、

「どうしてそんなことをきくのですか？　なにか変ったところがあったのですか？」

とききき返した。

「じつは、甲府の宿と、身延山とで、あの年寄を見かけたのです」

銀之助がひと通りのことを説明すると、

「なるほどね、そういう因縁ですか？」

百介は煙管を吐月峰《はいふき》に叩いていた。

「のんきな隠居ですから、それくらいのことはあったかもしれませんね」

彼は自分の考えをいった。

「しかし、甲府の宿では、相当派手な遊び方をしていましたよ。金があるのでしょうね？」

「そりゃあります。この辺では旧い家だし、自分の分の山もかなり持っていますからね。江戸からくる商人に立木を少し伐《き》って渡しても、ゆうゆうと生活ができます」

百介はそれだけをいうと、失礼、と言って部屋を出て行った。

ほとんどそれといれちがいに、この家の傭人が顔をのぞかせた。

「親方が、あなたさまにお目にかかって挨拶したいと申されてます」

「親方？」

それが先ほど見た老人だということは、傭人のあとの言葉でわかった。

「わたしにか」

銀之助が不思議がって、

「河村さんもいっしょかな？」

「いいえ、旦那さまお一人でお越しをねがいたいと申しております」

銀之助は、百介はしじゅうここにくる客だが、自分は初めてなので、老人が挨拶するのかと考えた。

「それではお邪魔をします」

銀之助は、老人の顔に三尺と離れないところで向いあうことができた。遠くから見ても立派だったが、白い髯は日ごろから手入れでもしているように、きれいな艶があった。眉も白い。その端に、長い毛が伸びているのは長命の人に多い特徴だった。そういえば、額から頬にかけて雀斑《そばかす》のような黒いしみがある。

老人はその横顔をみせて炉端の釜から湯を汲み、茶を点《た》てていた。作法もしっかりしたものだ。

「田舎のことで」

断って茶碗をさし出したが、その容器もひと眼で非凡《ひぼん》な品と見えた。柔和《にゅうわ》な顔だったが、皺にかこまれた眼の光に、銀之助をはっとさせるような厳《きび》しさがあった。これはここで出会った人たちとは格段の貫禄のちがいである。

銀之助は茶を喫《の》み終ると礼をいった。作法《さほう》でその道具《どうぐ》を鑑賞したが、これがまた古い天目《てんもく》だった。

「お美事」

思わず賞めると、老人はやはり柔和に微笑した。

「山家《やまが》のことで、お恥しいものをお目にかけましたな」

むろん、謙遜だった。正直、こんな田舎で、このような品に出会おうとは夢にも思わなかったのだ。しかし、一方では奇妙にそれが当然のようにも思われた。老人の持っている一種の威圧感が、この道具と不相応ではなかった。

「河村どのとは、お友だちだそうですな」

老人はきいた。年寄り特有のまのびした口調だった。

「はあ。いろいろと世話になっています」

「江戸からのおつきあいですかな」

「いいえ。甲府にまいって、そこで近づきになったのです」

「甲府で」

老人がうなずいた。

「さようか。わたしはまた、あの仁も江戸のお方だから、昔からのお友だちかと思いました。昨日は、この辺の山を歩かれたそうですな」

「はあ……」

銀之助は、この老人にていねいな言葉を使っている自分に気づいた。百姓の老爺に対《あ》っているような気が少しもしていないのである。

「少々、身体を悪くしまして、甲州に湯治にきたのですが、退屈しのぎに、河村さんの案内で山を歩きました」

「ほほう。どこか、お加減が悪いのか」

銀之助が適当な返事をすると、老人は彼の身体を見まもるようにして、お顔色はよろしいようだが、といい、ついで、大切になされるがよい、と見舞をのべた。

銀之助が老人と直接《じか》に会ったのは、たったこれだけのことである。話も普通のあいさつ程度におわった。

しかし、銀之助には、この短い対面があとまで強く心に残った。

三浦銀之助は甲府にもどった。

河村百介は、少し仕事が残っているからと言って、あと一日、この家に滞在することになった。

「山歩きで疲れたでしょう？」

百介は別れるときにいった。

「これで栄吾さんが亡くなった事情も、だいたい、ご推察になったと思います」

「どうも、お世話になりました」

銀之助は、ひと通りの礼をいった。河村百介は一応の約束は果してくれたことでもある。

「わたしは仕事ですからね。もう一回、山に入らなければなりません。では、またお目にかかりましょう」

——銀之助は甲府に着くまで百介とあの家とのつながりを考えていた。たんに百介が山に入る足がかりだけとは思えなかった。

するると、あの老人と、百介との間に何かあるのではなかろうか。百介自身は老人のことはあまり語りたがらないようだが、老人なしにはあの家のもっている奇妙さがわからない気がする。それは、台里という村の変った雰囲気にも共通していることだった。

百介は栄吾の死を信じているようだ。事実、彼はその「現場」というのを銀之助に見せてくれた。白骨の散乱している山の洞穴《どうけつ》だ。これがその証拠だと言いたそうだった。もっとも、彼は栄吾の死んだ場所は、もう少し、離れたところだとはいっていたが。

銀之助は、百介に見せられた「証拠」と、その言葉の曖昧《あいまい》さとを考えている。

甲府の宿は、この前も泊った「唐木屋《からきや》」だった。

銀之助が部屋に入るとすぐに女中がいった。

「旦那さま、お客さまが昨日からお待ちかねでございます」

「だれだね」

銀之助がおどろくと、

「女の方でございます。ただいま、おつれいたします」

女中はすぐにさがった。

50

常吉が縁側に坐って煙管をくわえていると、女房のお菊が後ろからあわただしくはいってきた。

「もし、お前さん。お客さまですよ」

常吉はぼんやりとしていたのだが、こういう日に客があるのもうっとうしかった。近ごろは、与力の杉浦も常吉には仕事を命じない。常吉は杉浦の意図がわかっているだけに、やはり心がうかなかった。

「だれだえ?」

常吉はこういう仕事をしていると、ときには直接町の人間から事件を依頼されることがある。頼むほうが外聞《がいぶん》を考える場合だ。

いま、お菊が告げにきたのも、多分そんな口だろうと思い、断わるつもりでいると、

「三十四、五くらいの立派なお武家さまです」

女房はいいそえた。

「武家だと？」

「はい、ぜひ内密にお目にかかりたいとおっしゃってますよ」

そんな武士が、岡っ引のところにわざわざ訪ねてくるのも珍しかった。常吉はとにかく狭い座敷に通すことにした。

彼は別間に入って着物を着更えた。座敷のほうでは、お菊が客を迎える気配がしている。

着更えを終って常吉が出ると、坐っている武士は堂々とした身装《みなり》でかっぷくもよかった。ちょうど、どこかの藩の留守居役《るすいやく》といった人品にみえる。

「これは、いらっしゃいまし」

常吉はていねいに頭をさげた。

留守居役といえば、各藩が江戸に駐在させている渉外係で一種の外交官だった。普通なら、常吉のようなものが話のできる対手ではなかった。それが、前ぶれもな

く、向こうから足を運んできたのだ。

立派な武士は、常吉にじょさいなくあいさつした。

「わたしは倉田という者だが、仔細《しさい》あって、主家の名前は申しかねる。ただ、さる西国筋《さいこくすじ》の藩の留守居役だと心得てもらいたい」

常吉は対手のていねいな態度に恐縮したが先方が主家の名前を出さないのも、また、自分の身分をはっきりと名乗らないのも、もっともだと思った。よほどのことがない限り、家来は主家の名を口外せぬものだ。ことに、何か事件の調査を依頼にきたらしい対手ではなおさらだ。

倉田という苗字《みようじ》さえも、実際の本名かどうか分らなかった。

その武士は、すぐに話の本筋に入らなかった。留守居役だけに世馴れた口調でくだけた世間話をしばらく続けていたが、ついに決心したように本題に入った。

「ここにきたのは、ほかでもない。少々、藩邸内に事情が起ってな。こういうことは、表向きにもできないし、ほとほと困っている」

常吉はうなずいた。

諸大名の藩邸では、外にはわからぬいろいろな内情が、あるらしい。たいていは内輪で治めているのだが、留守居役が、わざわざ岡っ引を訪ねてきたくらいだから、よほど手に負《お》えない事件が起ったとみえた。

「ついては、そこもとの評判を聞き込んでわたしにそれをしらせてくれた者がいてな。ちょうど思案にあまっていたところだ。ぜひ、内密に相談に乗っていただこうと思って、前ぶれもなく、突然おじゃましたわけです」

倉田という武士は、これをていねいに述べた。

「おそれいります」

常吉は低頭した。

「どのようなご用か存じませぬが、てまえには少々わけがありまして、そういうことは、お断りしたいのでございます。それに、どなたさまか存じませぬが、お大名方の奥深いお話に立ち入るとなれば、てまえではつとまらぬような気がいたします」

「いや、いや」

留守居役は手を振った。

「深い事情といっても、なにも、それほどの秘密ではない。ただ、われらの手では、どうでも解決できないので、お智恵を借りたいのだ。それに、おてまえが探索のことに気がのっていない事情も、うすうすは察している」

「なんと、おっしゃいます?」

常吉はおどろいて顔を上げ、倉田という中年武士《ざむらい》の柔和な面《おもて》を見つめた。

「まあ、そこは……」

倉田はあとの言葉を、大きな笑いでまぎらした。

「そういったわけで、おてまえの立場もよく存じている者だ。それを承知の上で、たって、お願いにあがったわけじゃ」

倉田は膝をすすめて、常吉の顔をのぞきこんだ。

「どうだな、承知してもらえないか?」

常吉がそれを承諾したのは、倉田の最後の一句だった。

探索に気乗りのしていない事情を対手は察しているという。すると、奉行所の内情にも相当くわしい人物でなければならなかった。いや、奉行所の人間でさえ、常吉の上に加えられた眼に見えない圧迫を知っているのは、限られた少人数だった。その深い事情を、外部の、しかも田舎藩の留守居役が耳に入れているというのだ。

「承知しました。おうかがいします」

きっぱりうけおったのは、対手のその一言への強い興味からだった。

「さっそく承知してもらってかたじけない。それでは、善は急げで、これからすぐわが屋敷にきていただこうか」

留守居役は眼を細めた。

「どうせ、今は遊んでいる身体でございます。お供《とも》つかまつりましょう」

留守居役は、茶を出した女房のお菊にも礼をのべて、支度を仕直した常吉を同道して彼の家をでた。

常吉が見ると、二、三軒向うの商家の軒の下に目立たないように駕籠《かご》が二挺《ちょう》すえられてあった。もちろん、一つは常吉を乗せる用意だった。

常吉はその駕籠の中で揺られた。

彼は自分の行先について、必ずしも不安がないではなかった。そのために、誰か子分でも来ていれば、それとなく後を尾《つ》けさせることも、心にうかんでいた。が、あいにくと、けさに限って庄太も亀も面《つら》を見せなかった。

いつになく子分が姿を出さないのが、常吉の企みを止めさせる運命のようにも思えた。彼は女房にも黙って素直に駕籠に乗ったのだった。

駕籠は、山の手の方角へ向かっていた。

半刻《とき》余り窮屈な駕籠の中にかがんだ末におろされたのが、ひどく広い屋敷の中だった。常吉ははじめ、その藩の上屋敷の供侍部屋にでも通されるのかと思っていたが、この屋敷のかっこうは役所ではなく、別荘風な下屋敷風の家だった。

扱いはどこまでもていねいだった。常吉は、今度は別な武士に案内されて、広い庭園の中に敷き詰められた白い小石が小川のように曲りくねっている径を歩いた。

通されたのは、さして広くない部屋だったが、そこでは新しい対手が現れるまで、きれいな女中の茶菓の接待を受けた。常吉は、およその見当がついていたものの、狐につままれた思いで、しばらく一人で待たされた。

障子が開いて、にこにこした顔で出てきたのは、彼を誘いにきた留守居役だった。

「これは長い間お待たせした。さて、その前に、おてまえにあやまらなければならないことがある」

倉田は急にひっそりとした声をだした。

「ほかでもない。おてまえをここにつれ出すとき、われらはさる西国筋の藩の者だと言っていたがあれは偽《いつわ》りであった」

「えっ、なんとおっしゃいます？」

「いや、おどろかれるのはもっともだが、そう申さないと、われらがおてまえを訪ねたことが外にもれて、実際の名前が知れても困るからじゃ。どうか、悪く思わないでほしい」

「へえ」

常吉は畳に手を突いたまま対手《あいて》の口許《くちもと》を見つめていた。

武士は少し間《ま》の悪そうな顔をして、

「従って、わたしが留守居役というのも嘘じゃ。実はな、当屋敷の主人《あるじ》というのは、大目付松波筑後守様《おおめつけまつばちくごのかみさま》じゃ」

「はあ」

常吉はおどろいた。いちどきに身体が緊張した。

大目付といえば、諸大名を監察《かんさつ》する地位にある役である。その高官がわざわざ自分を呼んだのだ。常吉は、急に首筋から汗が吹く思いになった。

「いま、おてまえが見えたことを、主人のお耳に入れておいた。ひどく喜ばれてな、わたしからよく用件を頼んでくれということだった」

これほどの高官が、直接に常吉と口を利くはずはなかった。

「いや、名前を申し遅れた。実は、わたしは当家の用人で、倉橋という者だ。見知ってもらいたい」

「おそれいります」

「わたしがこれから話す用件は、ぜったいに他言してもらっては困る。いわば、天下の御政治向きにも関わることじゃ。そして、おてまえを名ざしで呼んだのは、いま、南町奉行でどういう事情になっているかを悉皆《しっかい》承知しての上じゃ。わかるかな？」

「恐《おそ》れ入《い》りました」

大目付は町奉行を管轄《かんかつ》してはいない。しかし、役目柄、その辺の内情にも詳しいのは当然だった。

常吉は、用人倉橋の語る次の話に両の耳をたてた。

「じつはな、おてまえに甲府へ行ってもらいたいのだ」

「甲府、でございますか」

常吉ははっとなった。突然の話である。いや、それよりも、その土地の名前が最初から彼の神経をふるわせた。

「うむ。そこへ行っても、こっそりと働いてもらいたいのじゃ」

「………」

「どうだな、甲府に行ってくださるかな？」

「へえ、そりゃお話によってはまいらぬことはございませんが……」

「ぜひ、行ってほしい。これをすっかり話すと長くなるが、じつは、当家の主人が甲府の領内にひそかに入れていたひとりの男が命を落している」

あっと思った。やはりそれだった。鈴木栄吾の話なのだ。常吉はにわかに緊張した。

「名前は鈴木栄吾というのだが、じつを言うと、表向きは甲府勤番として彼の地に役替《やくがえ》になったのだが、これは隠密《おんみつ》の探索に従わせるための仮りの処置じゃ。むろん、当人以外にその身分を知っている者は、甲府のお城にもいない。甲府勤番《こうふきんばん》山ノ手支配は山根《やまね》伯耆守《ほうきのかみ》というのだが、この方にも栄吾の身分がかくしてある」

「はあ」

「いや、こう言うと、おてまえのことだから察しがつくだろうが、栄吾は、甲府勤番の中で不正が行われているらしいのを突き止めに潜入させた男だが、その男が不明の死をとげたのだ」

重大な話だった。このような大きな秘密を、一介の町の岡っ引である自分に話していいものだろうか。聞いているうちに、常吉自身が少々心寒くなった。

「ところで、その鈴木栄吾という男だが、これが彼の地で死んだとは、山根伯耆守からの報告であった。公儀としては、現地の勤番支配からの通達であるから、これは受領しなければならぬ。事実、その通りに公表はしておいた。だがな、鈴木栄吾が彼の地で実際に死んだかどうかということは、大目付の疑問に思われているところだ。内情を言わないとわかるまいが、山根伯耆守には少々不審の廉《かど》がある。つまり、一口に言うと、この人はひどく金を持っているらしいのだ。甲府勤番支配といえば、高《たか》二千五百石で、山根家は歴々の旗本でもあり、知行所《ちぎょうしょ》も少ないほうではないが、何と言っても、それほど潤沢《じゅんたく》な余裕があるはずがない。しかも、その金の使い方がいたって派手で、何かそこにカラクリがあるように思われる。甲府の地は幕府直轄《ちょっかつ》とはいえ、すべてを勤番支配に任せてあるので、彼の地のことはこちらに分っているようで、案外、わかっておらぬのじゃ」

「…………」

「栄吾の内偵の目的は、その辺にあったのだが、それが、或る日、突然、死んだといって甲府から公文書で申し送ってきた。だが、われわれはいまだに栄吾の死を不審に思っている。もしかすると、栄吾は殺されたかもしれないのだ。それも、直接に誰かの手で殺されて、どこでたおれたのか、それが知りたい。こちらも栄吾の秘密な使命があるから、表向きには問題にできぬのだ。そこで、栄吾の死の真相を確かめるために、さらにもう一人の男を甲府に潜入させた。名前は三浦銀之助という」

常吉にはいちいち記憶のある人物ばかりだった。しかし、彼はそれに質問することもなく、話の全部が終るのを待っていた。

「この男、なかなか働いてくれる」

用人倉橋は三浦銀之助のことをいった。おそらく、それは主人松波筑後守の意志を代弁しているのであろう。

「最近、甲府にまいっている銀之助から連絡があった。連絡は、さる旗本の娘を甲府にやらせて、それが使いとなって伝えてくれたのだが、その文面を見ると、銀之助も、どうやら、事態の真相の見当がついたらしい。われらは、あとの連絡を銀之助とせねばならぬ。そのために、使いに立った旗本の娘をもう一度甲府に赴《おもむ》かせるわけだが、実はな……」

「はい」

「おてまえに頼みたいというのは、再度甲府に向う旗本の娘を、それとなく守ってもらいたい……このことが一つ」

「はい」

「もう一つは、銀之助一人では手に負えない事態も起ろう。事実、彼の生命も脅かされているのだ。栄吾がたどった道が、そのまま彼の運命になるような気もしないではない。これは救わねばならぬ。まあ、そういったところを全部ひっくるめて、この役をおてまえに頼みたいのじゃ。どうだな？」

用人は常吉の顔色をにらみ据えるようにうかがった。

51

薬研堀の常吉は、髪結《かみゆい》の庄太、小間物屋の亀五郎、湯屋の留造など四、五人の子分を自宅に呼んだ。

「おい、みんな」

常吉は一同の顔を見回した。

「ここんところ、御用も半チクになってるから、ちょうど、いい機会《おり》だ。明日から身延山にお詣《めえ》りをする講中を作るから、そう思え」

事情を知らない子分がおどろいた。

「親分。おまえさん、いつから法華《ほっけ》の信者になりましたかえ？」

「何でもいい。さっそく、今夜のうちにお詣り姿になって、ドンツク団扇《うちわ》と、数珠《じゅず》を用意しろ」

そのころの旅は、遊山《ゆさん》を目的にすることはなかった。団体道中は宗教が主だった。伊勢詣り、大山《おおやま》詣り、川崎大師《だいし》詣り、身延詣りなどはみなそうである。しかし、信心は二の次で、旅を愉しむ気持が目的だった。個人的な旅は、上の規律があって不便だったが、団体詣りとなると大目に見られていた。

「親分」

庄太が傍に来て小声できいた。

「いよいよ、甲府に乗り込みますかえ」

「うむ」

常吉は、庄太だけには目的をうちあけた。

「さるところからお声がかかって、甲州の奥に踏み込むことにした」

「それじゃ、この人数で押し出すので」

「そうじゃねえ。一度、甲府まで行って、宿に落着くのだ。庄太、おれたちの道中には一人の女が混《まじ》るから、そう思え」

「女ですって？」

庄太は頓狂《とんきよう》な声をあげた。

「だれですかえ」

「さるお旗本のお嬢さまだ。この人を守って、おれたちも甲府までゆく」

「そんな大家のお嬢さまが、どうして甲府までおいでなさるんですか」

「それには、だんだんに理由《わけ》がある。今にわかってくるから、そのつもりでいろ」

翌日、常吉は、家に集った子分たちといっしょに出かけた。頭に白い布を巻き、行者姿にいずれも変っていた。だが、みんな照れくさそうな顔をしている。

「親分、いまから太鼓をたたきますかえ」

「ばか野郎。そりゃ向うに着いてからだ」

庄太が急いでこしらえた小旗に「薬研堀講中《やげんぼりこうちゅう》」と墨で書いている。法華の講中らしく下手な、髭《ひげ》文字だった。

女房のお菊が常吉に切火《きりび》を打った。ほかの者は事情を知らないから、遊山にゆくつもりでのんびりとしている。彼らは、いずれも常吉が日ごろからたのみにしている屈強の若者ばかりだった。

一同が四谷の大木戸《おおきど》のところまでくると、関所の前で、同じ白装束の女が菅笠《すげがさ》と杖を持ってつつましげに路傍に立っていた。庄太がそれを目ざとくみとめた。

「親分、おいでなさってますぜ」

常吉は、若い女の前に進んだ。

「わたしは、薬研堀の常吉と申します。深谷さまのお嬢さまですね」

「はい」

幸江はうなずいた。

「お話は、松波さまの御用人《ごようにん》から承っています。どうぞ、ご安心なすって、ごいっしょにおいで下さい」

「それでは、みなさまの中に入れさせていただきます」

「みなの者には、お嬢さまの身分は明かしていませんから、どうぞ、そのおつもりにして下さい。失礼ですが、親戚の娘だということにしておきます」

これにも幸江は深くうなずいた。ひよわな身体つきだったが、顔に強い決心が現れていた。

「おい、みんな」

常吉は、子分たちに幸江を紹介した。

「ここにいるのは、四谷のおれの親戚の娘だ。今度、いっしょに講中に出るというから、そのつもりで気をつけてやってくれ」

「へえ、わかりました」

常吉の親戚が四谷にあるというのを、みんなは初めて知った。だが、べつに怪しむ者はなかった。ただ、庄太だけは幸江の姿に注目していた。

「親分」

彼は常吉に耳打ちした。

「あの人は、今度の事件に何かかかわりがあるのですかえ」

「うむ。おまえだけにうち明けるが、あれは鈴木栄吾の許婚者《いいなずけ》に当る娘さんだ。深谷という旗本のお嬢さまで、幸江さまというのだ。今度のことで、甲府にいる銀之助さんと連絡をとることになっている」

「へえ。見かけは弱そうだが、やはり女の一念ですね」

庄太は、改めて幸江のほうに眼をやっていた。

一同は内藤新宿を振出しに、八王子、野田尻《のだじり》、黒野田《くろのだ》と泊りを重ねた。どこに行っても、みなは幸江を大事にした。女の脚だからそれほど早くは歩けないが、みなはそれに歩調を合せた。八王子を過ぎてからは幾つかの難所がある。小仏峠《こぼとけとうげ》、矢壺坂《やつぼざか》などは、幸江は駕籠に乗った。この矢壺坂というのは、俗に座頭《ざとう》ころがしといって爪立《つまだ》ちして歩くような所だ。

「女でも、ええものだ」

黒野田の宿に泊まったとき、常吉は庄太にいった。

「あのお嬢さんは、この道中を往復しているんだからな」

「やはり女でも決心をつけると、強えものですね。けど、親分、よく女ひとりで旅をして関所《せきしょ》を通りましたね」

そのころは、江戸から女が道中に出るには容易なことではなかった。俗に、入鉄《いりでつ》砲《ぽう》に出女《でおんな》といって取締りがきびしい。

「そこが、おめえ、ちゃんと大目付の松波さまから手が回っているのだ。切手一つで道中できたのも、そのせいよ」

「なるほどね。するってえと、親分、あっしたちも、甲府に着いてもちゃんと大目付からの後楯《うしろだて》があるのですかえ」

「そういうわけにはいかねえ」

常吉は頭をふった。

「甲州となると、また別のことだ。江戸の支配を受けているといっても、特別の地域だからな。いつなんどき、どのような難儀がかかるかしれねえ。庄太、こいつは、よっぽど性根《しょうね》を据えてかからねえと、とんだ目に遭うかもしれねえぞ」

「へえ、わかりました」

庄太がうなずいた。

「ところで親分。あっしは、まだすっきりしねえのだが、小梅の弥助ですがね。あのままずらかっているが、やっぱり台里の村ににげけえったんでしょうか？」

「そうだと思う。青日明神は一味の連絡場所だ。こいつが、おれたちの目に気付かれそうになったから、早速、ご神体を取り出し、祠もろとも焼いてしまったというわけだ」

「隣の諏訪明神の神官を殺したのも、あの判じ物みてえな絵馬の文字を読まれたからですぜ」

「そうだ。あれやこれやで、一味は小梅にいられなくなったんだ」

「ひでえことをしやがる。するってえと、花屋の亭主を殺したのも、あの弥助ですかえ？」

「いいや、あれはそうじゃねえ。まだ身もとは分らねえが、あとから大川に着いた死骸があっただろう？　ほれ、百本杭に流れ着いた仏さまよ。おれの眼では、あの男が花屋の亭主を殺したと思っている。仏の右の人差指に新しい刀傷《かたなきず》があったのをおめえも憶えているはずだ。あれは花屋の亭主を刺したときに、思わず手もとが狂って、自分の刀で傷をしたのだ。その男がドジをやって、おれたちの探索に引っかかりそうになったので、逸早く殺《や》ってしまった。この下手人をおれは弥助だと思っている」

「自分の味方を殺すなんて、ひでえ野郎ですね」

「自分のことよりも組が大事なのだ。組の秘密がばれそうになってくると、平気で仲間を殺してしまうのだ」

「いったい、台里の者と山根屋敷とは、どんな繋りがあるんですかね？」

「おれにも深えことは分らねえ。ぼんやりとした考えがあるが、まだ、おれの口から出すわけにはいかねえ。まあ、これからが勝負どこだ。おれは甲府に行って銀之助さんに会えば、山根屋敷の謎も解けてくると思っている」

「銀之助さんは甲府に行って、そんな深えところまで調べつくしたでしょうかね？」

ほかの子分は別な座敷で酒をのんでいた。幸江は早くから別間で寝ている。ここには常吉と庄太だけとが盃をやり取りしていた。

「相当なところに入っているんじゃねえかな。幸江さまが甲府の宿で銀之助さんからもらった連絡は、大目付の松波さまを動かしたのだ。してみると、その銀之助さんの内偵《さぐり》は相当なところだとみなければなるめえ」

「あっしたちの役目は、どうなんですかえ？」

「銀之助さんにことが起れば、おれたちで押し出して加勢するのだ。庄太、おめえにだけははじめてうちあけるが、いざというときの覚悟をつけてくれ。こいつは江戸で巾着切《きんちやくき》りや小泥棒をつかまえておどかしているよりも、ちっとばかり、骨がおれるぜ」

「合点です」

庄太は胸を反らせた。

「おい、庄太。おめえも大ぶん赧《あか》い顔になったようだ。これから、すこし頭を冷やしに外に出てみねえか」

「え、今からですかえ。このへんの夜は外が寒うござんすぜ」

「何でもいいから、おれの後に随《つ》いてこい」

常吉は座敷から立ち上がった。庄太も仕方なさそうに、膳の前から離れた。

「親分は無粋《ぶすい》だな。せっかく酔ったのにそれを醒まさせるなんざもったいねえ話だ」

庄太もしぶしぶと起ち上った。

「ほかの連中には黙っておきますかえ？」

「おめえとおれだけが知っていることだ。よけいな世話を焼くな」

常吉は、睡《ねむ》い眼をして起きている宿の女中に断って、庄太をつれて外へ出た。

あたりは暗く、微かに下を流れている桂川のせせらぎが聞こえた。暗い中から山の姿がのしかかってくるようだった。

「おう、寒い」

庄太は首をすくめた。

「親分、どこへ行きますかえ？」

常吉はすたすたと前を歩いていたが、やがて、路を斜面にとりはじめた。

「わかった」

庄太があとから手をうった。

「あの祠を見にゆくのですね？」

この前、ここに泊ったとき、二人は山の路の傍に建っている祠を調べている。そこに青日明神と同じような絵馬がいくつもぶら下がっていたのだ。

暗い径を歩いたが、前の記憶で、あまり迷いもせずに見おぼえの祠の前に出ることができた。

常吉は、しゃがんで燧石《ひうちいし》を鳴らし、用意の蠟燭に火をつけた。

「そんなものまで用意してきなすったのかえ?」

　庄太が言うと、

「ただの夜歩きにきたのじゃねえ。ちゃんと見るものは見届けておくのだ」

　常吉の蠟燭の灯が祠の壁に揺れた。しかし、彼が予想したように、祠のうしろの壁に絵馬は一つもなかった。雨風に曝された汚ない羽目板が、斑点《しみ》の模様を見せているだけであった。

「うむ、やっぱり思ったとおりだな」

　常吉は庄太をふりかえった。

「ここの絵馬も、ちゃんと始末をつけている。な、庄太。おれたちが前にこの宿場にきたとき、妙な男が山路を登ってゆくと思って、あとを尾けたら、この祠に出た。青日明神と同じ金槌の絵柄の絵馬がぶらさがっていたのだが、あのときの男は、この絵馬に書いた文字を読みにきたのだ」

「そうですね。あれも一味でしょうね?」

「そうだ。こうして、江戸にも、甲州路にも、ちゃんと一味の連絡場所が出来ている。連中はいちいち言づけなどはしない。決められたところにゆけば、てめえたちだけで読める判じものの文字が、手紙代りに置いてあるわけだ」

「親分。すると、いよいよ甲州と小梅とが怪しくなりますね。あっしは、この絵馬をはずしたのが植木屋の弥助のように思われてなりません」

「そうかも知れねえな。弥助が江戸から甲州に引揚げる途中に持って行ったのだろう」

「しかし、どうして、この社を焼かなかったのでしょうね？」

「ここは、小梅の青日明神とはちがう。奴らのほんの目じるし程度に、絵馬の連絡をつけていただけだ。祠には用事はねえ。だが、小梅の里の青日明神は、江戸の一味の会合場所だ。庄太、小梅の祠が焼かれたのは、それだけの理由があったのだ」

52

あくる日の夕方、常吉の一行は甲府に入って唐木屋に宿をとった。

宿では幸江の顔を見ておどろいていた。この前きたことがあるので彼女を見憶えていたが、今度は講中仲間に入ってきているので意外に思ったのだ。

ここでも幸江だけが別室に入った。ほかの連中は三人ずつ部屋にわかれた。

「ごめんくだせえまし」

幸江の部屋の外から常吉が声をかけた。

「常吉ですが」

障子の内から、どうぞ、という声がかかった。

常吉は部屋の中に入った。幸江は風呂から上って宿の着物に着替えていた。

「お嬢さま、お疲れでございましょう」

常吉は彼女から離れてすわった。

「いいえ。あなたこそお疲れだったでしょう。わたくしは一度まいったことがありますので、今度はなれております」

「失礼ですが、歴々のお嬢さまで、外にもあんまりお出かけにはなりますまい。それなのに、難渋な道中をなされてくたびれていらっしゃらないとなると、やっぱり気を張っておられるからです」

「栄吾さんの本当のことがわかるまでは、仕方がありません」

「ごもっともです」

常吉はうなずいた。

「それでも、今度の旅は、あなたがたとずっといっしょだったので、ずいぶんと心強うございます」

「早速ですが」

常吉は切り出した。

「先ほど宿の者にききますと、銀之助さんが、一昨日、ここを発ったそうです。お嬢さまに、何か手紙でも残していませんでしたかえ？」

「はい、そのことです。あなたに早く見せようと思って、お待ちしていたのです」

幸江は懐ろから封書を取りだした。

「これを」

「拝見します」

常吉が受取って開くと、それは銀之助の筆蹟《ひっせき》で、次のように書かれてあった。

「わたしは身延山《みのぶさん》に詣ります。あとから来て下さい。二十一日間ぐらいは参籠《さんろう》する覚悟で支度《したく》をして下さい。

銀」

これだけの文句だった。

「銀之助さんは、身延に行ったのですか」

常吉はすこし意外だった。

「いいえ、そうではありません。それは、そう書かないと、他人の眼にふれたときに疑われるからです。この前の打合せで、銀之助さんがここを出立《しゅったつ》するときは、身延に行くことになっています」

「なるほど。身延にこいというのは？」

「それはほんとうだと思います。わたくしは、銀之助さんがまた山へ入ったのではないかと思います。それで、この甲府で待つよりも身延で待っているように、という気持だと思います。二十一日間の参籠というのは、それくらい長く待つように、という意味だと思います」

「なるほど。そううけたまわれば、そうかもしれませんね」

常吉は、身延の参籠を指示した銀之助の処置に感心した。甲府の宿でごろごろしていたのでは、だれの眼にも妙に思われる。身延山に参籠していれば、当然のことだから目立つことはない。

常吉が身延詣での装束できたのは、銀之助との打合せではなかったのだが、偶然にそれが幸いしたのである。

「それでは、お嬢さま、今夜はゆっくりおやすみになって、明日の朝早く身延へまいりましょう」

「そうしてください。わたくしからもお願いします」

次に、幸江は常吉のほうを見つめて、

「あなたに早くからききたいと思ったことがあります。いま、ちょうどいいときですから、おたずねします」

「はい？」

「あなたは、栄吾さんが本当に死んでいると思いますか？」

常吉はむずかしい顔になって腕組みした。

「銀之助さんは、どう申されていました？」

「あの方は、はっきり返事してくださいません」

常吉はやはり眉の間に皺《しわ》を立てていたが、思い切ったように腕組みを解いて、手を膝の上に置いた。

「お嬢さま、それではわたしの考えを申します。お嬢さまも栄吾さんのことを想われているあまり、こうして不馴れな旅に出られたのです。黙っているばかりが親切じゃねえから、まちがっていてもわたしの考えを申します」

「どうぞ、お願いします」

幸江は落着いていた。

「何をどうおっしゃられても、わたくしはおどろきませぬ」

「栄吾さんは生きていらっしゃると、わたしは思います」

幸江の肩が太い息をついたように落ちた。

「やっぱり」

きらりと眼を輝かせて、

「そうあなたも思いますか？」

「思います……これは、お嬢さまが栄吾さんと許婚者だった仲だから、口上手《くちじょうず》を言うわけじゃございません。わたしは銀之助さんと同じ考えです」

「えっ、銀之助さんもそう思っていますか？」

「あの仁もそう考えていらっしゃるでしょう。じかに話したことはございませんが、わたしの眼から見ると、そううつるのです」

「では……」

さすがに幸江は息をはずませた。

「どこに、どうして生きていらっしゃるんですか？」

「それはまだ分りませぬ」

常吉は眼差《まなざ》しを横に向けた。

「だが、銀之助さんは、それをある程度つかんだと思います」

「本当ですか？」

「あなたに身延にこいというのが、何よりの証拠です。ある考えがないと、そこまでは思い切って言えないでしょう」

「すると、銀之助さんが入ってるところは、身延から近いわけですね？」

「その通りです。この甲府にいるよりも、身延にいたほうが便利だから、そう言ってるのだと思います。銀之助さんは、てまえたちがこうして多勢できていることはご存じない。あなただけがくるものと思っているのです。だから、これはよほどの確信があってのことだと思います」

「栄吾さんは」

と幸江は言った。

「身延の裏山でだれかに遇ったという話です。やはり、その山に生きて残っていらっしゃるんでしょうか？」

「何とも申せませぬが、栄吾さんに遇ったのは、向両国《むこう》の水茶屋の亭主です。それは、身延の裏山の七面山で迷ったときに、ぽかりと栄吾さんに遇ったということでしたね。ですが、栄吾さんがいま生きていらっしゃれば、その場所とは違うはずです。なぜかというと、そういう噂が立った以上、栄吾さんをそこにおけないからです」

「おけない？　だれがおけないのですか？」

幸江の口調が切迫した。

「そういう人間がいるのです。栄吾さんを捕えて殺すか、そのままにして帰さないかする人間がいるのです」

「だれでしょうか、栄吾さんをそんな目に遭わせる人は？」

「わかりません」

「では、なぜ、そういうふうな目に遭わせるのでしょう？　理由《わけ》は何でしょうか」

「難儀なおたずねですが、今のわたしにはひとつもわからないというよりほかはありませぬ」

「あなたは、何かかくしていらっしゃいますね？」

幸江は常吉を見つめた。

「わたくしに聞かせてはならない話だと思って、黙っていらっしゃるんですね」

「…………」

「わたくしにもうすうす分っています。銀之助さんの連絡をわたくしにお頼みになったのは、さるお方です。その方は公儀の高い位置にある人です。わたくしには、ただ、銀之助さんの手紙を持って帰ってくるように、ということでしたが、わたくしは栄吾さんのことが気がかりなので、それを引受けました。その役目で、少しでも栄吾さんの消息が知れればよかったからです。銀之助さんから言《こと》づかった手紙のなかみは、わたくしには分りません。そのまま江戸に持ち帰って、さる人の手もとにさしあげたからです……」

幸江はつづけた。

「なかみは見ませんが、その方が何を銀之助さんにたのんでいらっしゃるか、そして銀之助さんの報告がどういうことについてなされているか、わたくしには想像がつきます……わたくしがその使いをひきうけたのは、甲府にいる銀之助さんと逢って、栄吾さんのことが聞けると思ったからです。けれど、銀之助さんは、まだわたくしにはなにもおっしゃいません。ただ、わたくしに希望を持つようにといわれました」

「望みを持て、というわけですね」

「そうなんです。栄吾さんが甲府勤番となったのは、身持ちが悪かったからではありません。今から考えると、そういう真似をなさったのです。口実《こうじつ》をつくるためにですわ。栄吾さんは、だれかのことを探るために、わざと甲府にお役替《やくが》えを命ぜられたのだと思います。そのだれかが栄吾さんを押え、そして、死んだということにしてしまったのだと思います。

人間、生きているうちには、どんな目にあうかわかりませんわ」

幸江は眼を落して言った。

「栄吾さんとわたくしとが、父の許しで許婚者《いいなずけ》の約束をしたとき、もう、これでわたくしの一生はきまったと思ってたんです。きっと、栄吾さんもそうかんがえられたにちがいありません。それが山のように狂いのないものと思っていました。ところが、すぐ一年後には、栄吾さんの放埒《ほうらつ》がはじまりました」

常吉は聞いていた。

「わたくしは少しも知りませんでした。父が話すまで分らなかったのです。ただ、栄吾さんが見えるのが、だんだん少なくなってきました。わたくしは、きっとお忙しいのだと思っていました。が、だれも本当のことをわたくしに言ってくれませんでした。それから半年も経たない間です。急に父がわたくしを呼んで、栄吾のことは諦めろ、と言うのです。そのときのわたくしの愕《おどろ》きは、いまでも胸がどきどきします」

「なるほどね。ごもっともです」

常吉はうなずいた。

「わたくしは父を恨みました。父はこう言うのです。栄吾はもう役に立たない男になった。とてものことに見込みはない。だから、許婚者のことはないものと思え。栄吾もそれを承知している、と言うのです」

幸江はほっと溜息《ためいき》をついた。

「わたくしは栄吾さんに逢って、本当のことを聞きたかったのです。でも、武家の娘は勝手に他出ができません、わたくしはどんなに町家の娘さんがうらやましいか分りませんでしたわ。誰にも言づけることもできず、そういう人もいませんでした。わたくしが栄吾さんに逢えなくなったのは、そんな事情からです。それだけに心残りです。一度、栄吾さんの口からはっきりと聞けば、わたくしだって決心がついたと思います」

彼女は膝の上に組合せた指に力を入れた。

「栄吾さんは、決してそんな人ではありません。いいえ、栄吾さんが放埒をしたということを言ってるんじゃないのです。わたくしとの婚約が破れたその前に、きっと、わたくしにそれを告げにいらっしゃるはずです。それがなかったのは不思議ですわ。男らしいあの人の性格として合点がいきません……それがいろいろなことを不思議に思うわたくしの最初になりました」

「今度こちらに出られるについて、お父上はどうおっしゃいましたか？」

「父は無理には止めませんでした。普通でしたら、そんなことは考えられません。不機嫌でしたが、いいようにするがよい、と許しました。もとより、これは、父に上のほうから何かの指図があったのだと思います」

常吉は、なるほどそうかもしれないと思った。彼女の父親も、最初は栄吾の放埒を本気に受取って怒っていたのであろう。それが、上のほうの指示でしだいに事実がわかってきた。こんど幸江を独りで出したのも、父親としては思い切った処置なのだ。これはやはり大目付あたりからの言葉があったのではないか、と常吉も想像した。

「それだけ承れば、わたしも心の持ちようがあります」

常吉は答えた。

「おっしゃることはいちいちごもっともです。わたしの考えてることも、お嬢さまの気持とあんまり変りがありません」

幸江の顔が急に輝いた。ほかの者が言ったのではない。捕物にかけては江戸で有数の岡っ引がそう断言したのだ。

「お嬢さま、なにもかも申し上げます。わたしたちがお嬢さまを守ってここまできたのは、もとより、わたしの一存でできることではありません。その辺の事情はお察しください。これから身延でも、どこにでもお供します。わたしたちは銀之助さんと連絡《すじ》をとって、いつでも栄吾さんを探しにゆく支度ができています」


「親分、たしか、このへんでしたね？」

早い朝だった。白い富士の頂だけが見えて、裾が朝霧にぼけていた。いや、近くの甲府城の辰巳櫓《たつみやぐら》も、その霧の中にぼけて見える。

常吉と庄太とが訪ねてきたのは、河村百介の長屋だった。同じ家並みがいくつかつづいている。

「おっと、ここだ」

庄太が目敏《ざと》く百介の住居を見つけた。表は戸が閉まっている。寝ているものと思って戸をたたくと、がらりと開いたのは隣りの家だった。

「だれだ？」

四十年配の肥った男が自堕落《じだらく》なかっこうで顔を出した。

「へえ」

常吉も庄太も揃って頭を下げた。

「ここの河村さまに、ちょっと用事があってまいりましたが」

「おめえたちは、どこの者だ?」

「へえ、江戸からでございます。河村さまが江戸にいらっしゃるときからご贔屓《ひいき》に預ってる酒屋でございますが」

「なに、江戸から借金取りにきたのか?」

「いいえ、そういうわけじゃございません。こうして身延詣りをしている途中、ふいと、お馴染《なじみ》の河村さまを思い出しましたので」

「そりゃ奇特《きとく》なことだ。だがな、河村はいないよ。今日で、もう、十日も帰らねえ。じつは、みんなで心配してるところだ。御用向きの用件は、疾《と》っくに過ぎている。山に入ったまま戻ってこねえのだ」

53

「山にお入りになったまま河村さまがお戻りにならないのは、なにか事情があるのでございますか」

常吉は、河村と同じ長屋にいる、隣の武士の顔を見つめた。

「わけもへったくれもねえ」

その男は早朝だというのに口から酒の臭いをさせていた。甲府に江戸から流されている連中は、希望も何もないのだから生活が荒《すさ》んでいる。

「河村は勝手に戻ってこねえのだ。おれたちは友達だから心配をしているが、なあに、女好きのあいつのことだから、案外、百姓娘と懇《ねんご》ろになって、のうのうとしてるかもしれねえ」

「けど、お役向きでお出かけになったんでございましょう？」

「そりゃおめえの言うとおりだ。だがな、おれたちは、江戸にいるころとはちっとばかり気持がちがっている。だれも裃《かみしも》を着けてお役をきちんと勤める者はいねえよ」

「へえ」

常吉は、もう一度、この男に念を押した。

「河村さまがお出かけのときは、山からおそく戻ってくるようなことはおっしゃいませんでしたか？」

「知らねえな」

「お上のほうでは、河村さまがお戻りになるのがおくれているのをお気づかいなすっているんじゃございませんか？」

「そりゃ少しは心配してるだろうな」

男は懐ろ手のまま顎をかいて答えた。

「なにしろ、鈴木栄吾の例もあることだからな」

「すると、河村さまも山で災難に遭われたという見方もございますか？」

「知らねえ、知らねえ」

男は少し面倒臭そうになった。

「いってえ、おめえたちは何だ？　江戸からきた酒屋と言いながら、妙に詮索《せんさく》するじゃねえか？」

とすこし険しい眼付をした。

「いえ、やっぱりたずねたご当人さまがいらっしゃらないと、がっかりしますのでね」

「えい、面倒臭え。もう、帰ってくれ。おれはこれから酒を呑みてえのだ。百介のことは、それ以上きいても、おれにはわからねえ」

対手《あいて》が生酔《なまよ》いなので、常吉もあきらめた。

「親分」

道々、庄太が言った。

「すこし変なことになりましたね？」

「うむ、妙な具合になったな」

「やっぱり、あの男が言ったように、河村百介は鈴木栄吾さんと同じ運命になったのでしょうか？」

「今のところ、何とも言えねえが、気にかかる話だ」

常吉も考えながら言った。

「あの様子では、上のほうでもだいぶ心配をしているようだ。ひょっとすると、これは、かえって栄吾さんのことが知れる手づるになるかもしれねえぜ」

「どうしてですか？」

「もし、河村百介が栄吾さんと同じ目に遭ったとすれば、今度はあまり日にちが経っていねえ。探索には都合がいいのだ。すると、河村百介の調べから、栄吾さんの本当のことが分るかもしれねえ」

「そうですね」

庄太もうなずいた。

「おい、庄太。もう、ここにぐずぐずしてはいられねえ。明日の朝早く、身延へ向けて出立《しゅったつ》しよう」

「やっぱり、あの辺がおかしゅうございますかね？」

「一件《こと》はみんな山に関係している。銀之助さんも、今、山に入ってる。もしかすると、河村百介の動きも銀之助さんと関わりがあるかもしれねえ」

「大きにそうですね」

庄太も賛成した。

「今夜は、ひとつ、ゆっくりと寝酒を愉しんで朝寝をするつもりでしたが、こいつはやり損いましたね」

「酒なら、身延に詣ってたっぷりと般若湯《はんにゃとう》を呑ませてやる。庄太、明日の朝は早くからみんなを叩き起すんだ」

「わかりました」

——翌朝、一行は唐木屋を出立した。道にはうすく霜が降りていた。その中に幸江がいたが、絶えず常吉が元気をつけていた。

真白い富士の山が左手に見えた。朝日はこの山のむこうから上るので、富士の影が巨きく裾野を隠した連山に蔽いかぶさっていた。

甲府の冬は急速にはじまっていた。

「わたしは河村百介を訪ねてきたのですが……」

三浦銀之助は台里の例の家に現れていた。

この前、百介と泊った大きな家だった。玄関に出てきたのは、傭人の一人だったが、今日は上に通さない。

一度、奥に銀之助の来たことを通じたのだが、引返して主人が留守だと告げた。

「甲府に河村さんを訪ねたら、まだ戻っていないということでした。こちらに逗留をつづけておられるのではないかと思ってうかがったのですが」

「へえ？」

傭人は首をかしげた。

「河村の旦那さまは、十日ぐらい前に、ここをお立ちになりましたが」

「すると、わたしがご厄介になって出た、すぐあとですか？」

「さようでございますね、あれから一日ぐらいここにいらしたでしょうか」

銀之助は、対手が傭人だから、これ以上きく術《すべ》もなかった。

「河村さんがこちらを立たれるとき、まっすぐに甲府に帰られるようなことを言っておられましたか、それとも、他所にまわられるようなお話はなかったのですか？」

「何ともわたくしどもには分りませぬ」

無理もない話だった。主人がいないのである。

主人とは、この前会った与四郎のことである。ついでに訊くと、これも山のほうへ用事があって出かけて、いつ戻るかしれない、ということだった。江戸から材木屋がきて、今、山の樹を見せている、というのである。

「それでは、晩にはお帰りになるわけですね？」

「そりゃ戻ってまいります」

傭人の一存では、上にあがって待っているようにとも言えないのだ。

「わたしは、そこの西山へ滞在しています。ご主人が帰られたら、夜分、或いはお伺いするかもしれない、とお伝えください」

「お宿はどちらでしょうか？　なんでしたら、こちらからお迎えに参上したいと思います」

銀之助は宿の名前を教えた。前に泊った家だった。

部屋に休んでいると、女中が湯に入るようにすすめにきた。

銀之助は湯壺に浸りながら、これからの方法を考えていた。

不思議なのは河村百介だ。あの男、何を考えているのだろうか。ただ役目の上だけで、この辺の山を歩いているとは思われない。何か下心《したごころ》がある。

行動も考えればおかしなものだった。そういえば、いつぞや、この風呂に入っているときに、妙な殺気を感じた。当時は気がつかなかったが、あとで、それも河村百介の仕業だとわかった。

自分に危害を加えようとした人物が、今度は逆に一種の好意を見せて、鈴木栄吾の最期の土地を案内してくれた。もっとも、それが彼の本心かどうかはわからない。疑えば、二度目の殺気を山の途中で感じたことで、彼の意図をのぞいたような気もする。

何のために、自分に危害を加えようとするのか。

さらに、河村百介は、あの台里の村の不思議な家と何かの連絡があるらしい。もしかすると、彼が自分に対して危害を加えようとたくらんだのは、あの台里の家とのつながりからかもしれない。

百介はかなり腕が立つ。もしかすると、百介はあの家の者に頼まれて自分を殺そうとしたのではなかろうか。

銀之助は、自分の本当の姿を対手方のだれかが見破っているような気がする。鈴木栄吾の友人として、その最期の模様を調べたいというのが理由だったが、これもどうやら対手方に疑惑を持たれたようだ。

銀之助は、今や自分がまったく鈴木栄吾と同じ立場に立っていることを意識した。油断はならないのだ。いつ、自分が栄吾と同じ運命になるかも分らない。

だが、こうしていろいろと筋道をたどってみても、やはり謎は河村百介だった。たしかに、あの男、何かをたくらんでいる。それも自分だけの利益から出ているような気がする。

いつぞや百介は銀之助に洩らしたことがある。

(甲府流しに遭っては、もう、万事おしまいです。わたしには希望もなければ生きる喜びもありません。しかしですな、たった一つ、この地獄から脱けられる方法があります。それは、上のほうにお礼をすることです。こいつは効きます。まあ、江戸の土をもういちど踏もうと思えば、これ以外の方法はありません)

銀之助が、お礼とは何ですか、と訊くと、そのとき、百介はただ笑って答えなかった。

た。

(お礼)

百介は、どうやら、そのお礼のために独りで働いているような気がする。しかし、お礼とは何を意味するのか。これは銀之助にはっきりとまだ分らなかった。

「今日はずい分冷えますね」

部屋にはもう炬燵《こたつ》の用意ができていた。

「旦那さま、ご退屈でございましょう」

湯治場は閑散としている。客もこの宿には銀之助のほか、近在の百姓が二、三人泊っているだけだった。

「旦那さま、ご退屈だったらご酒でも持って参りましょうか?」

女中はすすめた。

「そうしてくれ」

銀之助は炬燵の上に酒の用意をさせた。肴は蕨《わらび》の塩漬だった。

銀之助はわざと障子を開けていた。林はほとんど梢ばかりとなり、近くの山も雪を被っている。野は枯れ、一すじの径にも人の影がない。蕭条《しょうじょう》とした風景だった。

彼は盃を重ねた。銚子《ちょうし》を一本空けたころ、風呂から上ったばかりの加減もあってか快い気持になっていた。

ふと外を見ると、頭を手拭いで包んだ百姓女が、手に籠を提げて宿の前を通りかかっていた。みすぼらしい恰好だった。

銀之助はあまり気にも留めなかった。この地方にくると、このような女の姿はざらに目につく。

その女はすぐに姿が見えなくなった。この宿の裏口にでもまわったらしい。

しばらくすると、女中が階下から上ってきた。

「旦那さま。いま山女魚《やまめ》を売りにきておりますが、ご酒の肴にいかがでございましょうか？」

銀之助は、たったいま見たばかりの女の姿に思い当った。

「土地の人が売りにきたのだね？」

「さようでございます。この奥の者がこの里に出て売るのでございます」

「それは女だろう？」

「まあ、よくご存じで？」

女中は口に手を当てて笑った。

「いまここから姿を見たばかりだ。どこの人だね？」

「ずっと山の中でございます。ここからでもたっぷりと山道で五、六里はございましょう」

「五、六里？　それは大へんだ。そんなところに村があるのか？」

銀之助は少しおどろいた。

「いえ村ではございません。家と申しましても、普通の家ではございません。いえ、わたしもそこまでは行ったことはございませんが、人の話だと山小屋みたいな家が五、六軒かたまっているそうでございますが」

「その辺の人は山女魚をこの辺に売って暮しをたてているのかね」

「なにしろ、ひどい山の中なので」

と女中は説明した。

「若い男は炭焼となり、娘は川魚をいくらかの銭に換えているのでございます」

「炭焼？」

銀之助の頭に走るものがあった。炭焼といえば、いつぞやの夫婦を思い出す。自分をかくまってくれたばかりに、世にも悲惨な最期をとげた。

銀之助の心が動いたのは、その連想のせいだったかもしれない。

「よかろう」

彼はいった。

「山女魚を買ってくれ」

「わかりました。そいじゃ、すぐにあとで焼いて持ってまいりますから」

銀之助は眼を盃に戻した。が、炭焼のことを聞いてから、妙に心が落着かなかった。女中の話で聞いた奥山の家というのが、ひとりでに彼の空想をかき立てた。

銀之助は梯子段を降りた。何げなく縁側をとおっていると、さきほどの頬被りの女が手拭いをとった姿が見えた。そこからはちょうどこの家の裏が見えるのだった。女は籠《かご》をおろして、宿の女中に山女魚を渡している。

銀之助は眼をみはった。

女は若かった。その女の顔にたしかに見おぼえがあったのだ。彼の脚はそこに凍りついたようになった。

間違いかもしれない。決断がつかなかった。眼の迷いということもある。しかし、あまりにもその顔はよく似ていた。

取引は終った。女中の手から銭をもらった女は、また手拭いを頭にかけ籠を抱えて歩き去った。素足に藁草履《わらぞうり》だった。

銀之助は言葉が出なかった。

呼びとめる勇気はなかった。人違いという懸念もあったが、対手が若い女だけに逸《はや》る気持がおさえられた。――

54

銀之助は部屋に戻ったが、かいま見た女の面影が忘れられなかった。

彼は外の障子を開けたが、枯れた野面のどこにも人の影はなかった。風に黄色い草が揺れている。

（たしかに、あのときの女だ）

はじめて甲府にきたとき、途中の街道で病気で苦しんでいた女だった。兄という男がそばに付いていて、しきりと心配をしていた。見かねて印籠から薬を取出して与えたが、それが効いたというので、兄妹がひどく喜んだ。そして、その翌日、礼だといって酒まで届けてくれた。

そういえば、その兄という男とは、その後、甲府で一度遇った。江戸の日本橋小《こ》伝馬町《でんまちょう》の繭問屋で、吉田屋太郎作と名乗り、妹の名はお文だと言っていた。甲府には繭の買出しにたびたびくるとも話していた。三度目に身延の久遠寺で遇ったときの男の言葉では、妹は甲府の宿に一人残しているとも言っていた。女だし、それに病身だというのだ。

(たしかに、あの女だ)

お文という名前まで憶えている。今、山女魚《やまめ》を売りにきた女の横顔が、手拭を取ったときにはっとさせるくらいに似ていたのだ。

人違いではない。あとから考えて、いよいよあの女だという確信がつのってきた。以前の銀之助だったら、そこに多少の疑問をはさんでいたかもしれない。

あのときの女は、兄という男の言葉を借りると、病身だということだった。その女がこの辺の山奥に住んでいるわけはない。いや、第一、江戸の者がここにいるはずはないと思うのが普通だ。

しかし、このごろ銀之助は、不思議な現象を普通のことに考えている。すくなくとも、彼が脚を踏み入れたこの甲斐の国には、常識で判断されぬことが多い。

それがどこからきているか、いまでは銀之助もおぼろげながら見当がついていた。

いまの女も、おそらく、こちらから声をかけても人違いだと言うにきまっている。その点ではあまり話をしなかったほうがいいのだ。いや、顔も合わさなかったのが仕合わせだった。こちらだけで先方を見ているのだ。

銀之助は、しばらくして宿の女中を呼んだ。

「さきほど山女魚を売りにきた女だが」

彼が言いかけると、女中は口に手を当てて笑った。

「旦那さまは、よほどお気に召したんですね？」

「そうだ。ああいうきれいな女が、そなたの言うような山奥に住んでいるとは想像もつかなかった。いったいその村は何という名前だね？」

「村というほどではございませんが、一応の名前だけはついています。雨落《あまおち》というところです。でも、家数《いえかず》にしても五、六軒ぐらいしかございませんよ。里の者はめったにそんな所に参りませんから」

「あの女は、そこからここに、たびたび山女魚を売りにくるのかね？」

「月に二、三度ぐらいでございます」

「ほかにもくる人間がいるか？」

「はい、ときたま、男がまいりますが、ああいうものを売るのは、やはり女手でございます」

「なんという名だね？　いや、いまの娘だ」

「この辺ではお時さんと呼んでいますが、それも本名だかどうだか分りません」

(お時——あのときの女の名はお文だった。この女中の言うように、お時というのは変名であろう)

「雨落に行くのは、どう行けばよいのだ?」

「えっ、なんとおっしゃいます?」

女中はおどろいた顔をした。

「いや、わたしは江戸の者でな、ここに遊びにきても、あらゆる所が珍しいのだ。ひとつ、行先を教えてくれぬか」

「それはお止しなさいませ。とても一人でいらっしゃる所ではございません」

銀之助は宿の主人を呼んだ。

「つかぬことを訊くが、この附近のことをよく知っている年寄をご存じないか?」

宿の主人はしばらく考えていたが、

「お客さまはどういうことをお訊きになりたいのでございますか」

「昔のことだ。いや、人間の関係ではない。この附近の地誌に詳しい人だ」

「つまり、物識《ものし》りでございますね。そういう者はこの附近にはおりません。みんな百姓でございますから」

「そうか。それなら年寄でもいいのだ。古いことを知っている人はいないか？」

主人はここでまた考え込んだ。

「それなら、今八十ばかりになりますが、この西山のことは何でも詳しい老人がおります。その人以外に、ちょっと見当がつきませんが」

「若いときは何をしていた人だね？」

「へえ、この土地の地役人《じやくにん》でございましたが、いまはむろん隠居しております」

銀之助はその人に会いたいから案内を頼むと言ったのは、それからである。

老人はまだ脚が達者だった。宿の主人につれられて銀之助の部屋にきてくれた。

「つかぬことをききますが」

と銀之助は主人を遠ざけて老人にたずねた。

「この近くの山から、昔、金《きん》が出たことがありませんか？」

「へえ」

老人はまだ耳もしっかりとしていた。顔こそあらゆる部分の骨がうすい皮膚を付けて突きでていたが、顔色も渋紙を張ったようだった。落ち窪んでいるが、眼も大きい。

「それは、大昔はあったそうでございます。ご存じのように、信玄公の時代には諸国から穴掘人足《あなほりにんそく》が入り込みまして、それはそれは盛大だったといいます。いまでも甲州金というと、慶長金に負けぬくらい立派だといわれております」

「その金は、もう、出ないのかね？」

「へえ、もう、疾《と》っくに廃坑《はいこう》になりました。なんでも、権現《ごんげん》さまが江戸にお入りになってまもなく、大久保石見守《いわみのかみ》さまとおっしゃる方が金奉行になられて、この辺一帯に金掘り人足をたいそう入り込ませ、金山をお探しになったそうですが、とうとう駄目でした。そのころから、もう金はなかったのでございましょう」

「昔、金《きん》が出ていたという山は、どこですか？」

「それはいろいろでございます。てまえも詳しくは存じませぬが、黒川山や、雨畑《あまはた》山、芳《よし》山、常葉《ときは》山、それに、鳳凰《ほうおう》山の裾に御座石《ございし》などというのを聞いておりまする。なんでも、日蓮上人さまが金鉱をお見つけになられたという言い伝えもございますから、そのころは、ずいぶん金が出たかと思います」

さすがに地役人をしていたというだけあって、老人は普通の百姓よりも物識りだった。

「いま、名前を挙げられた山は、およそ、どの辺になりますか？」

老人はそれにいちいち詳しく答えてくれた。

「なるほど」

銀之助は書き写してうなずいた。

「いまでも、ときには鏈石《あらがね》（鉱石のこと）が見つかることがありますか？」

「いいえ、それは絶対にございません。もう、甲州の金山もおしまいでございます。ああ、そういえば、この早川の流れの分れが雨落という所に上っておりますが、今から五十年ぐらい前には、ときたま、その川で砂金が取れたように聞いております」

「なに、雨落で？」

「へえ。そのころは、この近在の者も川に入って砂金を掬《すく》っておりましたが、それはてまえの若いころのことで、それ以来、とんと絶えて無くなっております」

銀之助の脳裏にきたのは、その砂金の出る川が雨落の近くだという点である。

「そのころ、ずいぶんと人が集っていたのですか？」

「へえ。砂金が出るというので、ほうぼうから入って、一時は、あの辺に三十軒ばかり家数がふえたことがございます。けれど、砂金が駄目だとなると、もう、風に吹かれたように、どこかへ飛び散ってしまい、いまでは、わずか四、五軒の家が、炭焼や杣人《そまびと》になって細々と暮しております」

「みんな暮しには困っていますか？」

「へえ、そりゃもう……そのころの代の者はいなくなりまして、悪口を言う者もいて、里の者とはつき合いをしておりませぬ」

「そうか」

銀之助はしばらく黙ったが、

「もう一つ、ききたいことがあります。それは、台里の村のことですが」

「へえ……」

「噂では、平家の落人の裔《すえ》だそうな。言葉も里の者とは違うと聞いている。わたしがききたいのは、あの辺の者も昔は金を掘っていたのではないかということだが？」

「いいえ、それはてまえには分りませぬ。たしかにおっしゃる通り、里の者とはあまりつき合いをしませぬので、従って、てまえもあの村の古いことは分りませぬ。なにしろ、他村の者が入ると、あの村はひどく嫌いますので」

「それに、あの村には青日《あおひ》明神というのがありますね？」

銀之助がそう訊くと、

「たしかに、それはございます」

と古老も答えた。

「だが、ほかではあまり聞いたことのない名前だな？」

「さようでございます。いつのころか、そういう神社ができたように思われますが、これも、あの村だけの氏神のように考えられます。この辺の神社は、土地柄、八幡社が多うございます。それに、白山《はくさん》の信仰も盛んでございますが、青日明神だけは、あの村にぽつんと離れたように置かれているのでございます」

「それは、台里の村の者と、なにか特別なつながりがあるのですか？」

「その辺のところは、わたくしにも分りませぬ。だが、たしかに、あの村の人たちは明神社を大切にしているようでございます。毎月十二日には、村の者だけで火祭りをしているようでございます」

「うむ」

銀之助はうなずいた。これは自分が実地に体験していることだ。

「ついでに訊くが、青日明神の絵馬に金槌が描かれているが、あれはどういういわれがあるのだろうか？」

「さあ、そのこともわたくしにはよく分りませぬ。御神体に関係があるのかもしれませぬな」

「しかし、神体といっても、わたしの聞いたところでは、諏訪明神社の末社になっている。そのことから金槌は考えられぬが」

「そうでございますな」

「もしかすると、諏訪社の末社というのが表向きのことで、じつは、本体は別なものが隠されているのではなかろうか？」

「旦那さま」

ここで初めて老人は銀之助の顔をじっと眺めたが、その表情には怯《おび》えた色が見えていた。

「さような詮索《せんさく》は、あまりなされないほうがよろしゅうございます」

「ほう。なぜだね？」

「台里の村は、特別な血統がつながっています。あれは、まかり間違うとえらいことになります。いままでも、旦那さまのような物好きから、あの村に入って調べられた方もございましたが、わたくしの知っているところでは、少なくとも二人ほど行方が知れずになっております」

「どうしたのだろう？」

「よく分りませせぬ。なにしろ、あの村の衆は、あの険しい山の中を歩くのを、まるでわが庭のように気軽に心得ております。もし、山に馴れない者がその連中に連れこまれると生きては戻ってこられぬでしょう」

「そういうことがあったのか？」

「いいえ、たとえでございます。けど、まるきりなかったとは申せません。なにしろ、この辺の者でもうっかり山の中に入ろうものなら、方角を見失って戻ってこられないような所がいくつもございます」

「台里の村に与四郎とかいう家があるが？」

「旦那さまはよくご存じで。でも、これ以上あまり深入りなさらないほうがよろしゅうございます。わたくしもあの村のことになると、あまりお答えしたくないのでございます」

古老の顔には恐怖の表情さえ見えていた。

銀之助は鄭重《ていちょう》に礼をいって、老人を宿から見送った。

彼は、そのあとで、宿の裏を流れている川のほとりに脚を運んだ。水はすでに冷たい色をしている。空の雲も雪でも降りそうな模様をしていた。

この川の支流が雨落という部落から出ているという。そこが昔は砂金《しゃきん》の産地だったというのだ。

銀之助は川の面《も》を眺めた。むろん、普通の川と変りはない。下に沈んでいる石もあり来りのものばかりだった。

砂金――金山――金槌。

絵馬の図柄の謎がすこし解けたようだった。金山と金槌とは、ここで完全に結ばれている。

銀之助は河原の石に腰を下ろして、頬杖《ほおづえ》を突いた。

55

銀之助は自分の考えをつづいて追った。

――すでに信玄の命日が青日明神の月次祭《つきなみ》だとすると、祭神は信玄と密接なものでなければならない。

青日明神の神体は諏訪社の末社となっているが、これはあきらかに偽装である。ではいかなる神を祀《まつ》ったか。いうまでもなく信玄その人である。

――その証拠は何か。もし祭神が信玄ならば、何かの形でその痕跡が青日明神の神体に残っていなければならない。

だから、はっきりとした判断は下せないが、何かのかたちでその証跡が神体に保存されていたものとみなければならない。

青日明神。――

「青日」という二つの文字を銀之助は頭の中に浮べてじっと考えた。

彼の長い思考はようやく一つの発見をした。

「青日」という二つの文字自体には意味はない。しかし、意味のないという理由がかえって別な角度からの分析になった。

二つの文字が一つの組合せだと気づく次の段階に、それほど時間はかからなかった。「青日」は「晴」の一字を二つに分解したのだ。

「晴」。――

この意味はすぐに理解できた。武田信玄は入道になる前、武田晴信といっていた。つまり、晴信の一字が青日明神の実際の神社名だったのだ。

――いまは徳川家の治世である。武田家は織田、徳川の連合軍によって、勝頼の代に亡ぼされた。だから信玄の名前をだして公然と武田家を祀ることは、いまの世では不可能なのだ。青日明神は信玄を崇拝する人たちが仮託した彼らの神社だったのだ。

ここまで考えてくると、青日明神を崇拝する甲州台里の人たちが、どのような素性であるかは自然に解けてくる。

すなわち、彼らの祖先は武田家につかえた遺臣《いしん》なのだ。

台里は昔から他郷の者と交通を遮断《しやだん》し、自分たちだけでこもっていた。彼らの祖先が平家の落人《おちゆうど》というのは表向きの作られた伝説で、事実は武田家遺臣の子孫として一ヵ所にかたまっていたのだ。

彼らがおのれたちの正体を世間に知られないために考え出したのが平家の落人説だ。その伝説のもとは台里自体から流布《るふ》されたに違いない。――

しかし、と銀之助は考える。

武田家遺臣の後裔《すえ》は、いまも徳川家に抱えられている。井伊家などはその最もいい例だ。井伊直政は、武田家の甲州兵法を家康に通じた功で、譜代大名になっているくらいだ。

では、なぜ台里の村の者だけが世を忍び、身分を隠してそこだけに逼塞《ひつそく》しているのであろうか。

まず考えられるのは、彼らが武田家を滅亡させた徳川家に臣従するを快しとせず、世を捨てていることだ。だが、これはありふれた考え方といえよう。

つまり、それだけでは解釈のつかないことがいくらもあるのだ。

たとえば、台里の村の秘密性だ。彼らには陰険な、そしてどこか獰猛《どうもう》な性格がある。

秘密性というのは、村自体の印象がそれであり、青日明神なるかくれ祠をこしらえて、江戸から甲州までの間に点々と存在させていたことだ。

そこは彼ら同志の秘かな連絡場所でもあった。

そこに、何か自分たちで必死に防禦している様子がみられる。

もし、この考えが間違いなかったら、いったい、彼らは何を防衛しているのであろうか。

防衛しているものが何であるかを想像するには、さほど難しくはない。

その手がかりは絵馬に描かれた奇妙な絵柄だ。すなわち、金槌である。

金槌は金山を掘る道具だ。

信玄が勢力を近隣に伸ばしているころ軍資金のほとんどは甲州領内から産出される金であった。当時、どのくらいの甲州金が領内の金山から採掘されていたかは不明だが、相当な数量にのぼっていたことと考えられる。

しかし、徳川家が甲州を治めてから、大久保石見守長安《ながやす》のような老練な金銀山専門家をして採掘に当らせたが、甲州から金《きん》は出てこなかった。では、信玄の時代だけで甲州の鉱山は金の鉱床が尽きて、廃坑になったのであろうか。

ここで信玄の性格を考えてみよう。彼は慎重で有名な男だ。

信玄はその重要と思われる物資を秘かに隠匿していたといえないだろうか。信玄は領内に幾つもの温泉を持っていたが、世間にはその場所を発表しなかった。いわゆる「信玄の隠し湯」といわれているのはそれだ。そのくらいの男だから、大切な金山も後事を考えて秘密にしていたと想像される。

信玄は、わが子勝頼の限界を知っていた。

彼は武田家の運命をも予感していたのではなかろうか。せっかくの資源をむざむざ敵に渡したくなかったのは当然だ。

もしそうだとすると、甲州出身で、大蔵十兵衛という能役者だった大久保長安ですらも、甲州の金山の秘密を知り得なかったのである。信玄の隠し金山は秘かに腹心の部下にだけ託され、代々、その遺臣が付近の村落に住みついて、これを守護していたと思われる。

もともと武田家にも「お山方《やまかた》」という役目に似た制度があったのであろう。

この「お山方」が、信玄が残した隠し金山の秘密の管理に当っていたといえないだろうか。

つまり、信玄は資源を敵の手に渡したくはなかったが、同時にそれを廃滅させるほどの勇気もなかった。あるいは、他日武田家が復興する場合、重要な軍資金として温存したい深慮があったのではなかろうか。

この推定に間違いないとすると、いま、台里村落にいる奇妙な人びとは、信玄が託した金山の管理者なのだ。彼らの先祖は、たぶん、武田家のお山方であったに違いない。

もとより、そのことは、武田の重臣にさえ信玄は知らさなかった。しかし、当時のお山方の一番信頼できる人間に信玄は万事を託した。その裔《すえ》が与四郎の家であろう。いわば、彼の家は代々伝統的に秘密な教訓が伝えられてきているのである。

こう考えると、台里の村の人びとが与四郎の家を己れたちの主家と見立てているのも不思議ではない。彼らはその家からの命令さえあれば、いつでも武田家の命令として働く用意があるのである。

ここで、銀之助は、甲府勤番山ノ手支配山根伯耆守の裕福ぶりに思い当らずにはいられない。彼が出世の野心を抱き、ときの老中にしきりと進物を運んでいる根源はどこからきているか。

この考えにいたって、はじめて台里と山根伯耆守との結合がうかんでくる。

山根伯耆守は、銀之助が考えたとおりのことを察知して、あの村の住人と取引を行ったのではなかろうか。つまり、いっさいの手入れを行わないという条件で、彼らから金を出させていたのではないか。

山根伯耆守が老中松平左近将監乗邑《のりむら》に運んだ賄賂の中には金塊が含まれている、と噂されている。それもたしかにこの線だ。

そう考えると、銀之助は、甲府の料亭で賑やかな遊び方をしていた老人を思いだす。この老人とは台里の与四郎の家で偶然にも再会した。彼が何ゆえに甲府にきていたかは、この線の解釈でわかるのだ。もっとも、老人は、台里からすぐに甲府に行ったのではほかの者に察知される惧《おそ》れがあるから、信濃の山持という触込みで、甲府には遊びにきたようによそおい、帰途、身延山に参詣するというような細工までしたに違いない。

すなわち、金山は残っているのだ。そして、いまでもその隠し金山から採金は可能なのだ。

では、その金山はどこにあるのだろうか。

隠し金山は彼らによって厳重に管理されているとみなければならない。してみると、管理者の住居からそう遠くない所であろう。あまり離れていては眼が届かないので、管理の効果はない。

銀之助は、いま聞いた古老の話を頭にうかべた。老人の挙げた山の名前の一つが、まさに台里の裏山のつづきに当るのだ。

もっとも、その金山は高山が重畳《ちようじよう》と連なっていて山岳地帯（いまの南アルプス）のなかでは、はたしてどこにあるものやら窺い知れない。だが、見張人《みはりにん》の拠点が台里村だとすると、そこからの行動半径を考えるといい。おそらく、村から半日がかりの所がせいぜいの距離ではなかろうか。

銀之助は、人間の遺骨が散乱した洞窟に案内してくれた河村百介に思いあたった。河村百介は甲府勤番支配のお山方だ。彼は絵図面掛としてこの辺の山一帯を調査している。

彼が山にいかに詳しいことかは、この間、銀之助が彼に案内されて実際に眼で見たことだ。河村百介が隠し金山のことに気づかないでいるという法はない。

では、河村百介が山根伯耆守と台里村との取引の交渉役になっているのだろうか。そうは考えられない。なぜなら、百介はひどく貧乏している。不平も多い。もし、彼が山根伯耆守に重用されているなら、もっと生活が豊かでなければならないし、愚痴をこぼすこともない。彼の荒れた生活を思えば、その線は考えられぬのだ。

では、河村百介とはいったい何者だろうか。

あの男は、もしや、一人で金鉱を探しているのではなかろうか――。銀之助はここまで考えると、じっとしていられなかった。彼は川の面を眺め、考えを追いながら脚を動かした。

百介という男はたしかに変っている。台里の与四郎の家でも、一応、山役人として大事にしているが、そこにはまた百介を煙たがるようなところも見えるのだ。

このことは、与四郎の側にとって百介の存在が邪魔になっているという意味でもある。一口に言うと、山に詳しい百介にあまり出しゃばられては困るのである。

百介は彼独自《どくじ》の考えで、山調べと称して与四郎の家を根拠地とし、連日、隠し金山の在所《ありか》を探査していたように思える。

鈴木栄吾が大目付松波筑後守の手から甲州の領内に潜入させられたのも、山根伯耆守の不思議な資金源を突き止めるためだが、栄吾はいま銀之助が考えたとおりの道を発見して、みずから台里の奥山にはいり込んだように思える。おそらく、栄吾が七面山の裏山で水茶屋の亭主花屋与兵衛に出遇ったのは、金鉱探しの踏査の途中であったたであろう。七面山の裏山と、台里の裏山とは峰つづきになっている。

しかし、一方に栄吾の死亡が伝えられ、目的は違うが同じ金鉱さがしをしている河村百介が無事なのは、どういうわけだろうか。

この答えはかんたんだ。栄吾は金山を発見したが、百介はいまだにその発見ができないからである。

では、鈴木栄吾は実際に殺されたのだろうか。この可能性は強い。殺人者は、言うまでもなく隠し金山の管理者台里の村の住人だ。

ここで初めて、鈴木栄吾の死が甲府勤番役所から江戸へ通告された日付の齟齬《そご》の理由がわかってくるのである。

栄吾を殺した台里の連中は、このことをすぐに山根伯耆守に報《しら》せたに違いない。伯耆守は、さっそく、いい加減な日付をもって栄吾の死亡公表を江戸に通告したのだろう。

いずくんぞ知らん、実際の死亡時日より十日後、生きた栄吾が花屋の亭主に遇っているのである。うかつにも甲府勤番役所が死亡日付を思いつきのまま書いたことが、この偶然の失策となったのだ。

花屋の亭主が公儀の公表した死亡後に生きた栄吾に遇ったのは、公儀にとって、いや、甲府勤番支配山根伯耆守にとって、不覚な偶発事《ぐうはつじ》だった。このことさえなければ、鈴木栄吾の死は完全に疑われるところなく江戸にも信じられたのである。

しかも、花屋の亭主は、自分の経験をいろいろな人間に吹聴《ふいちょう》した。この噂がひろまって、公儀のほうから山根が不審を持たれてはたいそう困ることになる。花屋の亭主を殺す原因は、この辺にあったのではなかろうか。

では、だれが花屋殺しの下手人か。

それは、山根伯耆守の小梅の寮近くに住んでいる台里の村の一味だ。彼らは現地と小梅の山根別邸との連絡に当っている。

ところが、小梅の寮には山根伯耆守はめったに帰らない。当然、その屋敷には伯耆守の代行をする者がいなければならぬ。それは用人だろうか。いやいや、用人などではあるまい。もっと山根が信用を託するにたる人物をおいているのであろう。うかつなことになれば山根自身の没落にかかわるから、その男はよほどしっかりした者をえらんでいるであろう。

花屋の亭主が栄吾の「死亡」後に出遇ったという噂を聞いて、一味は山根の意を受け、同時に自分たちの防禦《ぼうぎょ》のためにも、亭主の口をふさがねばならなくなった。

これが花屋殺しの真相ではあるまいか。

銀之助は眼を空にあげた。高い山の上に凍《こご》ったような雲がある。

56

銀之助は身延山にきた——久遠寺《くおんじ》には多くの宿坊《しゅくぼう》がある。信者が各地からきて山籠りする場合の宿だが、これは本堂を中心として山の斜面に散在している。

本山のその係りのところに行けば、どこの国の何村の何兵衛はどこに泊っているということは分っている。よそから入山する者はここに一応届けておくからだ。個人だけではなく、各講中《こうちゅう》のおびただしい人間が集ってくるので、こういう仕分けがなされている。

「江戸の深谷さまとおっしゃいますか?」

係りの坊主が銀之助の問いに帳面を繰《く》っていたが、

「どこにも泊っておられぬようですが」

と答えた。

「たしかに、こちらに世話になることになっているが、それでは、当人がまだ到着していないのかも分らぬな」

銀之助は、まだ幸江が薬研堀の常吉の講中に入っていることを知らない。

女の身で江戸からはるばるとやってくるのだ。途中の難儀も考えて、これは遅れているのだと思った。

「こちらに来ることは確実です。当人がきたら、手紙を渡していただきたいのですが」

「わかりました。お預りしておきます」

銀之助は、矢立で幸江宛に手紙を書いて封を結んだ。内容は、今まで自分が推定したことを簡単に書きとめた。

――到着が遅れてお目にかかれないのは残念だが、自分はこれから台里の里の近くにある雨落の村に行くつもりでいる。そこは自分がもっとも探りたいところであるから、そのように心得てほしい。江戸への連絡はこれだけだが、もし自分の帰りが遅いばあいは、何かあったものと考えていただきたい。その連絡も然るべきようお願いする。――

「よろしくお願いします」

銀之助は手紙を坊さんにあずけて、山を降りた。

身延山にも高いところは雪が降っていた。本堂の奥や丘の蔭の宿坊からは寒い風に競うように団扇《うちわ》太鼓の音が聞えていた。銀之助は足をふたたび西山のほうへむけた。

その晩はまた西山の宿に泊った。いよいよ明日から雨落に出発する。銀之助はその用意にかかった。

もういちど、宿の女中にそこへいくまでの道順をはっきりと訊いて、

「わたしが出発したあと」

銀之助は言った。

「だれか、わたしのことをたずねてくる者があるかもしれない。江戸の者だがね。その人には、わたしがこれから五日ばかり山の中に入っていると告げてくれ。もし、その日が過ぎたら、いいようにここを引上げるように伝えて欲しい」

これは言外に、五日を過ぎたら自分の身が危険な状態になったということを対手方に通知したのだった。

銀之助は幸江が身延にきて、自分の手紙を読み、すぐに江戸に報告するものと信じている。江戸へは飛脚《ひきゃく》でも間に合うことだ。

すると、江戸で動きがはじまるかもしれない。大目付松波筑後守の手で必ずそれがあると、信じている。もし誰かがここにくるとなれば、まず、この西山の宿に着くものと考えなければならぬ。

そのときの連絡を考えたのだった。

翌日、はやくから銀之助は宿を出立した。

路は一旦は台里のほうに向うが、途中から山のほうにわかれている。雨落《あまおち》の村は、その細い径がしだいに坂になる方へむかうのである。

人間は通っていなかった。径はしだいに急となり、山の中に入ってゆく。

しばらくは木立にさえぎられて、視界がきかなかった。寒いと思うと、冷たい風に霰《あられ》がまじっていた。

ところどころで山林が切れている。そのつど、自分の歩いている径の高さがわかった。西山の湯治場の屋根がはるか下のほうに沈んでいるのだ。東のほうを見ると、両方からせり上った山裾が谿間《たにあい》となって一部の空を裂いている。その間を一筋の川が光っていたが、それがこちらから見る早川だった。

登り坂はまだつづいた。また山林の中に展望が隠れる。いつまで行っても家一つ見えなかった。

宿の女中が言ったとおり、ここは人がめったに歩かぬところらしい。径に枯草がおおって人の往来のないことを知らせていた。銀之助はこのような径を歩いて山奥から里に山女魚《やまめ》を売りにくるという雨落の女の気丈さに感心した。

雪が路に見られるようになった。

最初は、路の傍の林の中にまだらに積っていたりしていたが、それが次第にひろがって、上に登るころには路をおおうようになっていた。

だが、雪はまだそれほど厚みはない。路はまばらに地肌を見せている。

麓から登りはじめて一刻《とき》あまりは経ったであろうか。坂はいよいよ急になってくる。

この間に、人間ひとり出遇わさないのも奇異な感じだった。とにかく、路はついているし、奥には少ないながら家もあるというのだ。それなのに誰とも出遇わさないのである。

山林も上のほうにゆくに従って裸の梢ばかりになっていた。しかし、山が深いので相変らず展望はきかなかった。富士も見えず、ほかの連山も姿を隠している。

ようやく、岩の間に家の屋根らしいものが、のぞいてきた。

それを目当てに登ると、斜面に沿って石を置いた屋根がのぞいた。

川音がしている。

そこで渓流に出遇ったのだ。流れは急な斜面に落ちているので、ところどころ滝をつくっている。銀之助は、この川が古老の話にでた砂金の採取場だと思いあたった。

そこに立ちどまって「村」全体を見渡すと、家数は五、六戸ぐらいしかない。ほかに人影はなかった。家も屋根が低く、遠くから見ても暗い感じだった。

銀之助はこの場にきて、自分が完全に奇妙な旅人であることに気づいた。他所《よそ》の人間がここにくることは滅多にあるまい。いや、それはほとんど絶無と言ってもいいのではないか。ことに、自分のような士分がここまで姿を見せるのは、何年間に一度あるかないかであろう。

ただ一つ例外がある。

それは、絵図面係の河村百介だ。百介は、その役目柄、深山幽谷の間を飛びまわっている。この集落にも姿を見せることもあるにちがいない。このような山奥の村でも、甲府領内にはちがいないのだ。銀之助は心の中で、「あの女」の幻を探した。宿で「あの女」はこの雨落の女だと教えられた。それなら、いま見えている陰鬱な家のどこかに住んでいるはずだった。

いや、「あの女」だけではない。彼女の兄だと言っていた江戸の繭問屋と称する男も、この村のどこかにいるような気がする。あの兄妹が、なぜ、そんな嘘をついたのか。その詮索《せんさく》は別として、銀之助はお文という名前のあの女に逢いたかった。眼が宿の裏で見かけた山女魚《やまめ》売りの姿を自然と探した。

しかし、ここに立って見るかぎりでは、人の姿はない。これは、いちいち家の中をのぞくことになりかねなかった。

銀之助は家に向かって歩き出した。やはり爪先上りの坂がつづく。この辺になると、木立よりも大きな岩石が多かった。村の家も岩をうしろに背負った恰好になっている。これが自然に強い風や雪を避《よ》けるかたちになっている。

雪は屋根にも積っていたが、低い所ばかりで、まだ全体をおおうほどになっていない。

銀之助は家の近くを歩いた。

このとき、ふいに径に人の姿が現れた。

老婆だったが、ひどくみすぼらしい恰好をしている。

老婆のほうもそこに見馴れない人間を見て立ちどまっている。不思議そうな眼つきで銀之助のほうを眺めているのだ。

しかし、こちらが思うほどのおどろきは老婆の顔になかった。むしろ、ぼんやりとして呆れたような表情だった。

銀之助は思わぬ所で人間に遇えたので、ほっとした。知らない家の戸を叩いてものを聞かなければならないかと思っていた矢先だったので、有難かった。

「少々、ものを聞くが」

銀之助はいった。

「この辺の路に迷っている者だ。少し休ませてもらう家はないだろうか？」

老婆はどろんとした眼を一ぱいに開いて、銀之助の顔を眺めたままでいる。返事はなかった。ただ、まじまじと見つめていた。

銀之助は対手の耳が遠いのをさとった。もう一度同じことを大きな声で老婆の耳もとで言った。

それでようやくわかったのか、老婆はこっちにこいといったような素振りを示した。事実、案内するように、すたすたと前を向いて歩き出したのだ。銀之助はそれに従った。

どの家も表の戸を閉めまわしている。外から内部をのぞくことはできなかった。だが、その粗末なことは、これ以上の荒屋《あばらや》はないと思われるくらいだった。ほとんど小屋同然なのだ。

銀之助は、以前、この辺で砂金の採取が行われていたころに入り込んでいた人夫の小屋が、そのままここに残っているのかとさえ疑った。

斜面に建っているので、家は粗い石垣の上に競りあがったように並んでいる。老婆に案内されたのは、この集落では一番大きいと見える家の前だった。

銀之助を表に待たせて、老婆がその家の中に入った。大きな家といっても、普通の百姓家よりはみすぼらしい。それでも、この家だけは外に崩れかけた土塀を回していた。

銀之助が待っていると、やがて、老婆が出て来て手招きし、こっちに入れ、という意味を素振りで見せた。ものを言わないのは、見知らない武士なので、言葉よりも手振りのほうが自由らしい。

銀之助が狭い戸口に立つと、中から一人の男が出てきた。

これは風采から樵夫《きこり》が職業とみえた。三十二、三くらいだろうか、実際はもっと若いのかもしれない。顔の皺が深い。

「おいでなさいませ」

男は首筋にかけた手拭を取っておじぎをした。やはり士分と見たからだ。

「今、老婆に頼んでおいたが」

と銀之助も会釈《えしやく》して言った。

「この辺を歩いて、すこし疲れています。もし都合がよかったら、休ませてもらえませんか」

「さあ、どうぞ」

男は小腰をかがめた。

「こういう荒屋でございますが、よろしかったら、いつまでもお休みくださいませ。だが、旦那さまをお上げするような座敷もございませんが」

「いや、そのご心配は無用です。構わないでもらいたい」

「今の婆さんは耳が遠いので、失礼したと思いますが、お話はよくこちらに通じてくれました」

銀之助は男のあとに従った。

そこで初めて家の中を見ることができたが、これは普通の百姓家の造りとは少しちがっていた。土間《どま》は広いが、百姓の道具は一つもない。また、普通あるような馬小屋も牛小屋も見当らなかった。奥が長い。土間からつづいて通路があるが、その片側も戸が閉まっていた。

銀之助はこの構《かま》えを見てどこか武家屋敷の内部に似た厳重さを感じた。床《ゆか》も高い。

男が銀之助を通したのは、その通路を奥に入った所で、やはり戸の閉まっている部屋だった。

「どうぞ」

男は戸を開けた。

八畳ぐらいの広さである。表から見た想像で、この広い部屋のあるのも意外だったが、座敷もわりと整っている。真中に囲炉裡《いろり》があって、粗朶《そだ》の火が燃えていた。粗壁《あらかべ》だったが、落着きのある部屋だ。

「お疲れでございましょう。それに、この山の中は、下よりもずっと寒うございますから、どうぞ、ゆるりと火に当ってお休み下さいませ」

男はあらたまったように挨拶した。慇懃《いんぎん》なものである。

「造作《ぞうさ》をかけます」

銀之助は炉端《ろばた》に腰をおろした。

「ただいま、お茶でも持ってまいります」

「いや、どうか、かまわないでいただきたい」

銀之助はとめた。

「こうして休ませていただくだけでもけっこうです……失礼だが」

銀之助は訊いた。

「おてまえがこの家のご主人ですか？」

「いいえ、わたしではありません。わたしはこの家の手伝い人ですが、ちょうど、今日はみんな出払っていて、留守番をしております」

「それは……で、みんな出払っておられるというと？」

「はい、この辺の者はみんな、炭焼きか、樵夫《きこり》でございます。今日は山に入っておりまして、夕刻でなければ戻ってまいりませぬ」

男が去ると、銀之助はひとりになった。

しんとして静かなものだ。家の中だというのに、人の声も聞えない。

銀之助は粗朶の燃えて弾《はじ》く火の粉をしばらく見つめていた。

57

それから何刻《なんとき》たったか分らない。とにかく長い時間が過ぎたあとだった。

家の中が急に騒々しくなってきた。声も多勢《おおぜい》のものだ。この家の者が帰ってきたらしい。

銀之助は誰かがここにやってくるものと思っていた。当然のことだ。客をひとり待たしているのだから、何か挨拶がなければならない。

さっき、挨拶にきていた若い男のいうように、外に出ていた働き手が戻ったことは推察できるが、それが一向に音沙汰ない。そのまま忘れられたようにぽつんとここに置かれているのである。

茶の残りもとうに冷えきっている。

みなが戻ってくるまでも長かったが、今度もひとりで置かれたままである。家の中も薄暗くなってきたようだった。山中だから陽の昏《く》れが早い。

ここで夜になることは、銀之助をそれほど愕《おどろ》かさなかった。むしろ、そのほうを望んでいる。そのことがなくとも、今夜は理由をいってここに泊めてもらうつもりだったのだ。

夜を迎えるぶんにはかまわないが、何とも自分の存在が無視されたようになっている。

囲炉裡の火の色が鮮やかになった。

このとき、笑い声が遠くでおこった。それも三、四人いっしょにしたような哄笑だった。

——いったい、どのような人間がこの家に住んでいるのか。

銀之助は、できることなら様子をのぞいてみたかった。声は笑いを最後にしてまた静まっている。やはり、ここにくる足音は聞えない。

すると、また高い笑い声が起った。今度はひとりの人間のものだ。

銀之助が、はっとなったのは、その声に聞きおぼえがあったからだ。遠くで聞いていても特徴がある。

（河村百介！）

河村百介がここにいる。

これは、あり得ないことではなかった。いや、漠然と百介がここにいることを予想していたくらいだ。それにしても、百介がどのような因縁《いんねん》でここにひそんでいるのか。

銀之助はそれからもしばらく待たされた。しかし、河村百介の声を聞いたことでいくぶんの落着きが出た。

「ご免くださいまし」

ようやく障子の外で男の声がした。

「どうぞ」

障子が細目に開くと、先ほどの男が敷居側に手を突いていた。

「たいそう長らくお待たせしました。申しわけございません」

「いや、ここで暖まりながら休ませてもらったからかえって身体が楽になった。どうか構わないでほしい」

銀之助はいった。

「ただ今、皆が山から下りてまいりましたので、その騒ぎにまぎれて失礼をいたしました。ところで、旦那さま」

男は顔を上げて銀之助を見た。

「実は、手前の宅に甲府のお役人さまで河村百介さまとおっしゃる方がご滞在でございます」

「ほう、それは……」

顔つきだけはおどろいてみせた。

「ご存知でいらっしゃいますので？」

「よく知っている」

「旦那さまのことを申し上げると、河村さまも、自分の知っている人かもしれないから、いちおう、旦那さまの名前をうかがってくれということでございました」

「…………」

「さようでございますか。旦那さまも、やはり河村さまをご存知なので？」

「わたしは三浦銀之助というものだ。河村さんもよくご存知のはずです」

「では、早速そのことを申し上げてまいります」

障子はまた静かにしまった。

すると、すぐに別な足音が急いで近づいてきた。

「ご免」

障子の外の声はあきらかに河村百介だった。

「河村です」

「やあ」

銀之助も障子にむかって言った。

「三浦です。さあ、どうぞ」

声の終らないうちに、障子が笑い声といっしょに開いた。

「は、ははは、あんたとはよほど縁が深いとみえますな」

赧《あか》黒い顔が笑いながらのぞいた。河村百介はがっちりした図体を銀之助の前に運ぶと、

「さきほど、このへんには見なれない武家がきていると聞いたので、もしかすると、あんたではないかと想像したが、やっぱりそうだったな」

河村百介は荒れ畳の上に尻を落した。

「その後、しばらくでしたな」

河村百介は平気で挨拶した。いま甲府で騒いでいることなど念頭にない風だった。上機嫌なのである。

「いや、こんなところであんたと遇おうとは思わなかった。正直、あんたとの因縁の深いのにはおどろいた」

「わたしも同じですよ」

と銀之助も言った。

「同じ甲州とはいえ、この山の中でお目にかかろうとは思わなかった」

「で、ここにはどうして?」

百介がきいた。

「西山で、この集落のことを聞いたんです。昔は砂金が出たとかで、たいそう面白いと思いましてね。どんな所かと、のぞきにきたんですよ」

「あんたは好奇心が強い。いや、ちと強すぎるほうかな?」

「江戸にいると、山の中が珍しいんです。こういう際ですからね、ほうぼうに首を突っ込んでみたくなったんです」

「なるほど、それもよかろう。まあ、わたしなんざ、江戸に帰れないので、山の中が飽き飽きしていますがね。こちらは逆にあんたのような心境になってみたいくらいでね」

百介は自嘲的に言った。

「ところで、あんたとは一別いらいだが、あれからどうなさった？」

「一度、甲府に戻りましたよ。西山にずっと逗留するのも退屈ですからね」

「いや、結構なご身分だな」

百介がまた笑った。

「わたしは、あれからずっと山歩きばかりだ。あんまり気がくさくさするので、この家に草鞋《わらじ》を脱いだのがきっかけとなって、毎日、酒を呑んでいますよ。仕事をするのが少々バカバカしくなってね」

「甲府のほうで心配しませんか？　あんたがいつまでも山から下りないということを」

「心配してるでしょうな」

百介はけろりとしていた。

「だが、いくら上役の機嫌をそこねても、これ以上悪くなることもあるまい。山流しといえば、いわばわれらに課された極刑ですからな。ひどいもんですよ。だから、こっちは居直ってやるんです。どうとも勝手にしろとね」

「あんたの気持は分らないことはない」

銀之助は言った。

「そうでしょう。江戸にいるあんたがそう言ってくるのだ。それとも、こちらのほうにしばらくおられたから、事情がお分りになったのかな？」

「それもあるでしょう……河村さんは、そうしてずっとここに滞在されているという話だったが、何かほかに目的でもあるのですか？」

「いやいや、そんなものはありませんよ。こうして酒を呑んで、この辺の娘たちをからかっていれば、つい、尻が落着こうというもんです。まあ、当世の仙人ですな。あんたもどうだな、ひとつ、江戸に帰ることをあきらめて、ここで山の仙人になられてはどうです？」

「気持しだいではね」

と銀之助は軽く流した。

「これから、この辺も雪が深くなる。雪が積ると、里にも下りられなくなります。ひと冬、山籠《やまごも》りするのも悪くはない」

「お仕事のほうはつづけているんですか」

「あんな面倒なものは、とっくに放っていますよ。なに、わたしなんかがやってるのはいい加減なものでね。図面の小さな間違いを足で歩いて直すのだが、そんなものは、この宏大な甲州の土地からみれば、ほんの僅かなものだ。どっちでもいいことですよ。ところで、あんたはここにひと晩泊って、明日、山を下りられるつもりかね？」

「今までは、そのつもりでしたがね」

銀之助はいった。

「今、あんたの話を聞いて、急に面白くなった。都合しだいでは、この家で泊めてくれるのだったら、もう二、三日、あんたといっしょにおりたいもんですな」

「そりゃ面白い」

いったが、百介はちらりと銀之助の顔に鋭い視線を投げた。

「恰度《ちょうど》、いい機会《おり》だ。河村さん、わたしはあんたにききたいことがある」

銀之助は思いきったように言った。

「ほう、あらたまって何ですか」

百介は銀之助の顔を見返した。

「ほかでもないが、あんたが今まで山の中を歩いておられたのは、ただ絵図面掛という役目だと聞きましたが」

「その通りですが、それがどうかしましたか？」

「幸い、ここには他の人間がいないので、思い切って言いますがね」

銀之助は河村百介の顔に自分の視線を真直ぐに当てた。

「あんたは、お役のほかに、何か考えているんじゃないですか？」

「ふむ」

今日の河村百介は酒に酔っていない。銀之助の強い視線をがっちりと受止めていた。

「どういわれるのですか」

「いや」

銀之助は膝を進めた。

「あんたは本当のことを匿《かく》している。正直にわたしの疑問を言いましょう。あんたは甲府の役所勤めを嫌っているが、この山を歩くときだけは、何か生き生きとしたようすが見えるのです。……河村さん、あんたが探しているのは、じつは金山ではないですか」

「……………」

河村百介の顔色が動いた。銀之助を見つめている瞳まで斬り込むような鋭さになっていた。

「何のことかわたしには分らぬがね」

百介は一応言った。

「いや、匿しても、わたしにはあんたの気持が読めている。ここの渓谷《たに》では、昔は砂金が取れたそうな。そこに、あんたがほかの理由を言って何日も滞在している。いくら役所勤めが嫌いでも、規則を犯してても居坐っているのは、これは、あんたに別の魂胆《こんたん》があるからだ。いや、河村さん」

銀之助は低声《こごえ》になった。

「こう言っただけでは、あんたもわたしの本心がわからないだろう。じつを言うと、わたしも甲州の金山を探してる一人ですよ」

「何？」

百介が眼を拡《ひろ》げた。

「何を匿そう。わたしが友達の栄吾の跡を知ろうとしているのは、表向きの理由です。わたしは、この甲州の山に、まだ信玄の隠し金山があることを知っています。正直にいうと、或るとき、江戸で、信玄公が全盛の時代、領内の金山で軍資金をまかなっていたということを読んでからですがね」

銀之助は話した。

「それが武田家滅亡と同時に、甲州金《きん》の産出がぱったりと絶えている。こりゃ不思議な話です。人間と一しょに金まで絶えるというわけはありませんからね。必ず今でも甲州の山奥にはその金山があると思っています。河村さん、どうですか？　わたしも長い間それを考えていたのだ。ひとつ、このへんで協力しませんか？」

「…………」

「まだ信用してくれませんね。じつを言うと、今度、栄吾の行方を探りに甲州にきたのがもっけの幸いだったのです。この考えは早くからあったのですが、なにしろ、それを実行に移すことはできない。ところが、妙なはずみで、思いがけなく江戸を出てこのへんに来ることができた。これは天の助けだと思いましたね。わたしは栄吾の行方を探すような恰好《かっこう》をしているが、実は隠された金山の跡を探していたんです」

「……」

「しかし、これは容易ではない。うかつに他人にも話せないことです。そこへ、河村さん、あんたという人間が現れた。いろいろ、あんたの様子を眺めていたのだが、どうやら、わたしと同じような考えを持っておられるように見受けた。こりゃ、ひとつ、片棒《かたぼう》をかつがせてもらおうと決めましたね」

河村百介は無言のまま銀之助を見つめている。銀之助は対手を押え込むようにいった。

「河村さん、あんたがいくら匿しても、わたしにはちゃんとあんたの性根《しようね》が分っている。これは見込まれたと思って承知してくださることですな……じつを言うと、栄吾も、この隠し金山を探しにこの土地へ入ったと思うんです。いや、根拠のないことではない。それらしいことを、わたしが江戸を出る前の栄吾の口から聞いたことがある。だから、あんたに従《つ》いて隠し金山を探しにゆけば、自然と栄吾の死んだ事情もわかるかもしれない。この前、あんたがわたしを案内してくれた場所は、せっかくだが、あれはわたしには信じられませんよ。どうです、河村さん？」

「そこまで分っているなら」

百介も決心したようにうなずいた。

「よろしい。あんたの頼みを承知しよう」

「え、では引受けてくださるか」

「一人でよりも、二人のほうが見つけるのに早いかもしれぬ……しかし、三浦さん、あんたも見かけによらずいい度胸を持っているなア」

百介がうすら笑いを浮べて銀之助を眺めた。

58

「河村さま」

障子の外からだれかが声をかけた。

「何だ？」

河村百介が障子のほうに顔をむけると、細目に開いた間から、若い男の顔が縦半分にのぞいた。

「ただ今、ご隠居がこちらにということでございました」

「うむ」

「それから、そちらにいらっしゃるお客さまも、どうぞお誘い申し上げてくれとのことでございました」

「そうか」

百介は銀之助のほうに眼を戻した。

「お聞きの通りだ。ここの隠居があんたにも会いたいと言っている」

「ご隠居とは？」

銀之助の胸にすぐ来るものがあったが、わざとそう訊き返した。

「あんたもたしかに知っているはずだ。それ、台里の与四郎の家にいる隠居じゃ」

やはりそうだった。

男が去ると、銀之助は百介に聞いた。

「あの家の隠居とは、一度話したことがあります。これはぜひ、わたしも一しょにうかがいたい」

「それはちょうどいい。この山の中では、知った人間と話すのが何よりの娯楽です」

「しかし、河村さん。台里の隠居がきているとなれば、ここもやはり台里と同じ人間が入っているのですか？」

「もとは一しょの人間だったと思います」

河村百介は説明した。

「つまり、何代前かわからないが、ずっと昔、台里とここは、同じ血の人間がいたわけです。というよりも、ここは台里の支配だったのですな」

「支配といわれると?」

「つまり、台里の村の飛び地と言ったほうが早分りがするかな。つまり、この谷川で砂金が採れていた時分《じぶん》、台里の村から連中がここに入り込んでいた。それからの因縁がいまだにつづいているわけです」

「なるほど」

銀之助は秘かに自分の推量《すいりよう》が間違ってないことを知った。この廃《すた》れた集落が、昔、砂金を採っていたころの本拠だったのが台里の村だった。してみると、いよいよ、台里の村全体が信玄の遺した隠し金山をいまだに守護している武田家の残党と考えていい。

その鋭い攻撃振りは、かつて銀之助自身が火祭りの夜経験したことだ。普通の百姓ではあれほどの攻撃はできない。

では、隠居といわれる男の位置は何か。

台里の村の与四郎は、どうやら、一同の上に立っている支配格のように思える。

これは武家と同じように、代々同じ血筋の者が受継いだようだが、「隠居」はまだ実際の実力を持っているように思われる。

かつて甲府の料亭で見た片鱗といい、身延山で見かけたときの様子といい、その「隠居」が一統を率いる首領のように思われた。

銀之助は隠居に会うのに、今度は別な覚悟になった。

「では、参ろうか」

河村百介は先にたった。その部屋を出て、狭い通路を奥へ歩いてゆく。その百介の確信ありげな広い背中を見ていると、この男、何を考えているのか分らないと思った。

百介は、いわゆる台里の人間と特に親しいらしい。役目の上で知り合ったというが、百介に別の下心があるのは分りきっている。いまも彼は本心を吐いたばかりだった。

この河村百介の心底を台里の人間たちが知らぬはずはない。彼らは百介の気持を知りながら、どのような理由で彼を泳がしているのであろうか。

夜のことで、百介の前には手燭を提げた下男のような男が案内している。だから初めて来た銀之助には、まるで闇の中を歩かされているようだった。

「おつれいたしました」

障子にうすい明りがついている。下男はその前にうずくまった。

「こちらへ」

内側から返辞があった。

「ご免」

百介が開かれた障子の中に入った。

「客人をつれてきましたよ」

つづいて奥からも、

「どうぞ」

渋い声がかかった。

銀之助は炉端《はし》に坐っている老人の顔を正面から見た。老人もこちらを見返している。その顔に炉の火が影をつくって揺れていた。

しかし、次の瞬間、銀之助の眼をみはらせたのは、老人の横に坐っている一人の若い女の顔だった。髪も着物も、この山村の女だったが。

女は老人に寄りそうように坐っている。

この前、西山の湯治場で見た山女魚売りの女だった。いや、今こそ正確に、その女が甲州街道で出遇った江戸の繭問屋の娘だとわかった。

女は顔をいま入ってきた銀之助に正面から向けていた。

銀之助がとっさに迷ったのは、その女をこちらが知っているのを身振りに出していいかどうかということだった。

女の眼は無心に銀之助を見つめている。その表情には何らの反応も動揺もなかった。これは初めてあった人間に対する顔つきなのだ。一瞬、銀之助自身が自分の記憶を錯覚ではないかと思いなおしたくらいだ。

銀之助は決めた。

たしかにあのときの女だが、ここでは初めて遇ったことにすべきだと考えた。

「ご隠居」

河村百介が老人の横に胡坐《あぐら》をかいた。

「この客をご存じであろう?」

老人は白い髭の中から口許をほころばせた。

「知らぬ段ではありません。台里にお越しになった方です。わたしとひととき話をしていただいた。たしか、江戸の三浦さんとか申されましたな?」

「その節は」

と銀之助が挨拶した。

「ご厄介になりました」

「これはひどく愉《たの》しくなった」

河村百介がひとりで喜んだ。

「ご隠居、今夜はここで珍しい人間ばかりが集った。ことに三浦さんは、わざわざ江戸からこの山の中まで見えたのだ。酒など汲みましょうか」

「おっしゃるまでもない。その用意はさせてあります」

老人が横の女に眼配せした。

女は黙って会釈《えしゃく》をすると起ち上りかけた。

「お時さん」

百介が急に女を呼んだ。

「お引き合せしよう。この方は」

銀之助のほうを向いた。

「江戸の旗本で、三浦銀之助さんという人だ。わたしとはこちらで友達になった」

銀之助は、女がお時という名で呼ばれていることを知った。やはり、西山の宿の女中から聞いた名前だった。が、それよりも女が自分にどう挨拶するかを待った。

「はじめてお目にかかります」

女はていねいにおじぎをした。

「お時と申します」

その挨拶に微塵《みじん》も作りごとは見られなかった。

「三浦です」

銀之助は会釈を返した。女の自然な表情を見ていると、こちらが半信半疑《はんしんはんぎ》になってくる。

老人はふいと何かを思い出したらしく、

「お時、わしが行こう」

と言った。事実、老人はゆっくりと腰を上げて、うしろの杉戸のほうへ歩いた。

「わたしも一しょに付いてまいりましょう」

お時という女が老人の背中に付きそった。

「そうしてくれるか」

戸を開けて、老人と女とはその向うに消えた。こちらから見て、その奥も穴のように真暗なのだ。

「仲のいいことだ」

河村百介がそのあとをじろりと見て、忌々《いまいま》しそうに独り言を言った。

「二人が戻ってくる間に、手短かに話しましょう。あの老人は、本当の名は与四郎という」

「与四郎？　では、台里の村にいた、あの若い男は？」

「代々名前が世襲になっている。つまり、あの家の当主がすべて与四郎じゃ。されば、隠居をしていても与四郎というわけだな」

「…………」

「むろん、当主にならぬ前は名前が違う。そこで区別がつくわけだが、年を取って当主をその倅《せがれ》にゆずると、倅が与四郎と名乗り、年寄はただ隠居と呼ばれる」

「それで分りましたが」

銀之助は肝心のことに質問をふれた。

「今の女は？」

「あの女は隠居の妾じゃ」

「なに、妾？」

「は、ははは」

百介は低く笑った。

「若いのにびっくりされたかな？　しかし、妾には変りはない。年も親子以上に違う。あの通りの美女じゃ。あの年寄に付けておくのは惜しい。あのまま磨きをかければ、江戸に出しても立派に美人でとおる」

それからの酒盛は一ときばかりつづいた。

ここでは河村百介がひとりではしゃいでいた。

「ご隠居」

河村百介が言った。

「お時さんはどこへやられた？」

「は、ははは。あれは疲れたと言って、もう、先にやすみました。いや、失礼していますが、なまじ女気の混ってるよりも、こうして男ばかりで呑むほうがかえって気がおけませんでな」

「いや、そうではない」

百介の声はもう酔っていた。

「やはり酒の酌は女子《おなご》に限る。それに、お時さんの酌ならいちだんと美味《おい》しいと、愉しみにしておった。ご隠居、あまり惜しまずにお時さんを出されてはどうかな」

「また河村さんの癖がはじまった」

老人は白い髭を動かして苦笑していた。

「彼女《あれ》は身体の弱い女じゃ。どうか、ご勘弁を願いたい」

身体の弱い女。――銀之助は甲州街道で出遇った兄妹を眼の前にうかべた。

しかし、あのときの女がこの老人の妾とは思いもよらなかった。半分はまだ夢を見ているような気持である。

それにしても、彼女の兄と名乗っていた男はどこにいるのか。この女が老人と一しょなら、あのときの男もこの部族の人間に因縁を持っているはずだが。

「身体が悪いなら仕方がない」

百介が手の甲で口のあたりを拭いた。

「ところで、ご隠居。わたしはいよいよ、明日、この山の中に測量に入ってゆく」

「おう、もう明日ゆきなさるか？」

「なにしろ、雪が降りはじまれば、測量もかないませんでな。あと少しばかり仕上げが残っている。しかし、正直言って、これから先はあまりわたしも行ったことがない。ご隠居の指図で、誰かわたしに途中まで付いて行ってくれる者はないだろうか？」

「ほかならぬあんたの頼みだ」

老人はにこやかな顔をしていた。酒は強いのだ。先ほどから銀之助が見ていたのだが、大きな茶碗に何杯も、自分で徳利の酒を注いでいる。強い地酒なのだ。

銀之助は酔っていた。しかし、ぼんやりとしてきた意識のなかにも百介のいまの言葉が鋭くひびいた。

「河村さん」

「何だな？」

「わたしもあんたと一しょに、その山の中に入れんでしょうか？」

「なに、あんたも一しょに？」

百介は赤い眼で銀之助を見た。

「そうです。せっかく、ここまできたのですから、山の中も歩いてみたい。いつぞや、あんたに案内してもらったが、なかなか面白かったですからな」

銀之助のつもりとしては、先ほどの約束で、二人で隠し金山を探そうという意志を通じたつもりだった。ただ、老人の手前、そういう口実を作って見せたのだ。

そのことは、酔っていても百介にはわかったらしい。

「なるほど、そりゃ面白かろう」

百介は隠居のほうに向かった。

「ご隠居、聞いてのとおりじゃ。江戸の友だちもわたしと一しょに山の中に入ってみたいそうな。こりゃ案内人がぜひ入用ですな」

「大きにその通りですな」

老人は何度もうなずいた。

「よかろう。では、明日、山歩きに馴れた者をあなた方二人に付けさせます。ぞんぶんに使って下さってよろしい」

「それは、千万《せんばん》、かたじけない」

百介が両肘《りょうひじ》を張って頭を深く下げた。

「こうしてご厄介になった上に、道案内まで頼んで申しわけない」

「なに、ここに住んでいる者は、炭焼きや樵夫《きこり》が商売でしてな、山歩きには馴れている。知った所までは十分にご案内ができましょう」

そのあと、河村百介がどれだけ老人と酒を呑み交したかは分らない。銀之助だけ先にあてがわれた寝間に案内された。

銀之助が憶えているのは、先に立って暗いところを導いてゆく手燭の光だけだった。

銀之助はどれだけ睡ったかわからない。とにかく、地酒のせいか、床に入る前も意識がしびれたようになっていた。

銀之助がふと眼を開いたのは、微かな風を顔に感じたからである。むろん、あたりは真暗だった。

銀之助は闇の中で眼を開けた。

たしかに、誰かがここに入ってきている。

冷たい風は、戸が開いたために流れ込んできたのだ。

59

銀之助はその風に眼をさました。しかし、身体は動かさないでいた。暗い天井を見ながら闖入者《ちんにゅうしゃ》の動きを耳で探っている。

かすかに襖の閉まる音がした。

これは、と思ったのは、もし危害をくわえる人間だったら襖を閉めるわけがない。みずからの逃走路をふさぐようなものだ。男ではないと知ったのは、畳を踏む力がひどく軽いからだった。

それもすぐにやんだ。

こんどは対手が蒲団の裾にうずくまったようだ。

しかし、そのまま黙っている。銀之助が感じた空気は決して険しいものではなく、かすかだがこれまでになかった匂いさえ感じられた。

銀之助も声を出さない。

女も――明らかに女だとわかったのだが、これも声を出さない。静かにこちらの睡りをうかがっているような様子だった。

銀之助の脳裏にきたのは、その女が例の隠居の横に坐っていた同じ人間だということだ。それ以外に考えようがない。

銀之助は、こちらから対手に話しやすいようにしむけることにした。

「どなただね？」

低いが普通の声で訊いた。

「お文でございます」

女も普通の声で答えた。おどろいた様子はない。暗い闇の中のことだ。

女はやはり銀之助が最初に会ったときの名前を言ったのだ。

「宵にお遇いしたな」

銀之助は言った。

「はい……あの節は失礼しました」

女は素直に詫びた。

「わたしということが分っていましたか？」

「お忘れはいたしません」

「わたしは、あれからあんたに会ったのがここで二度目だ。その前、西山の湯治場に山女魚を売りにきていた」

「ご存知でいらっしゃいましたか？」

「ほう。あんたもわたしがあそこにいたことを知っていたのか？」

「存じていました」

銀之助は少し黙った。女の意図がわからない。

「あんたには、いろいろ訊きたいことがある」

「承知しております」

女も答えた。

「わたしが、どうしてこの山の中にいるかというお疑いでしょう。いえ、それよりも、わたしの素性《すじよう》でございましょう？」

「その通りだ」

「それは申せませぬ」

「では、何を言いにここにこられた？」

「ここから遁げていただきたいのです」

「…………」

「ここは、あなたさまが思われる以上に怖しい所でございます。お身体に危険が起こりそうです」

「わかっている」

「いいえ、おわかりになっていません。早くここを出て下さい。今からだと、わたくしがその手引をいたします」

「なぜ、わたしにだけそうするのだ？」

「あなたがあんまり事情をご存じないからです」

「河村百介はどうだね？」

女はしばらく黙ったが、

「あの方は、自分だけの欲を追っておられます」

「信玄の遺した隠し金山のことだね？」

「そこまでご存じなら、なおさらです。河村さまなぞにかまわずに、あなたさまだけここをお抜けください」

「わたしは金山などには興味がない……知りたいのは鈴木栄吾の消息だけだ。ほんとに死んでいるのか、あるいは生きているのか、それを確かめたいだけだ」

「…………」

「どうだな、あんたがそれほどわたしに親切にしてくれるなら、栄吾が死んだかどうかを聞かせてくれ」

女はしばらく沈黙していたが、やがて小さな声で答えた。

「わたくしにも、それはよくわかりませぬ」

「わからぬと？」

銀之助は蒲団から背中をおこした。闇に馴れた眼に女の影の輪郭がわかった。

女はそこに端然と坐って、正面から銀之助を見ている。暗いので顔の表情まではわからない。

「わかっているが、言えないのではないか？」

銀之助は影を見つめた。

「いいえ、ほんとうにわかりませぬ。それを知っているのは、隠居と、ほかに二、三人のおもだった者だけでございます」

「与四郎と弥助だな？」

「そうかもしれませぬ」

「与四郎はどこにいる？　ここにきているのか？」

「与四郎はおりませぬ。明日、ほかの者があなたさまを山の中にご案内することになっています」

「しかし、河村百介がわたしを案内すると言っていたが……」

「河村さまにもよくわからぬ路がございます。今夜の相談で、弥助があなた方二人を路案内するということに決りました」

「どういうのだな？」

「河村さまは隠し金山の在所《ありか》を狙っておられます。でも、さすがの河村さまも或る地点までしか山奥に入ったことはありませぬ。それから先は、この土地の者でないとわからないことです。うかつに入ろうものなら、二度と里に出てこられない場所もございます」

「では、河村は、その奥に入って金山を見つけたいわけだな？」

「その下心がございます」

「いったい、わたしをどこへ連れ込もうというのだね？」

「それから先のことは、わたくしの口からは言えませぬ。ただ、それは怖しい誘いでございますから、今の間にお遁げになったほうがよろしいと思います」

「忠告は有難いが」

と銀之助は言った。

「それはやめておこう。命を落すかもしれないのは覚悟《かくご》の上だった。いま奥へ入るのを断ったら、後悔しそうだからね」

「では、どうしても？」

「たとえ罠《わな》にかかろうとも、わたしは行ってみたいのだ。確かめなければならぬことがある」

女は言葉をつがずに沈黙した。

「そなたも武田家遺臣の縁故の人かね」

「そうかも知れませぬ。そうでないかも分りませぬ」

「そうでないとは」

「だれもそうだという証拠を見た者はおりませぬ。ただ言い伝えだけです」

「しかし、隠居がいる」

「あの家一軒だけです。あの家が皆を支配しています。わたくしたちは信玄公の遺臣の裔《すえ》だと聞かされているだけで、それに縛りつけられているのです」

「隠し金山を守っているのではないか？」

「それもどこに在りますやら。その秘密を知っているのは、あの隠居ということになっています」

「だが、どこかに在るはずだ。隠居は甲府勤番支配の山根伯耆守と取引をしている」

「そんなことは、わたくしには分りませぬ。ただ、あなたさまが危ないから止めにきただけです」

「そんなことを言うと、あんたが危なくないか？」

「ここへくるのも危ない思いをしています。見つけられたら、どのような折檻《せっかん》にあうか分りませぬ」

「早く帰るがいい」

銀之助は言った。

「あんたの親切はありがたい。厚意は忘れないが、わたしは自分の目的に進むだけだ。すぐ帰るがいい」

「どうしてもお聞き入れになりませぬか？」

「わたしは自分の気持を決めている」

闇の中で溜息がもれた。

「それよりも、あんたはいろいろなことを知っているはずだ。それを聞かせてくれたほうが、よほどわたしにはありがたい」

「いいえ、それはできないことです。あなたをこの危険《あぶな》い目から逃すことと、わたくしが村のことを口外するのとは、また別です」

「では、この家の者に気づかれぬうち、引き取ってもらおう」

女の影がようやく動いた。

「それでは、お大事になさいませ」

低い声と一しょに女は起ちあがった。

障子が開く。女は外にすべり出た。ふたたび音を殺して障子は閉まった。

銀之助は蒲団の上に坐ったままだった。

女の跫音《あしおと》を聞こうとしたが、むろん、聞えるわけはなかった。

だが、その次に、突然、遠くで起った激しい音を聞いた。鞭でも当てるような鈍い音だった。銀之助は思わず蒲団から起った。

女の言葉を思い出して、彼女がだれかに捕まったことを覚った。しかし、障子を開けることはできなかった。鈍い音が二、三度つづく。声は起らない。

そのまま、あとはしんとなった。


翌朝、弥助が銀之助と河村百介の前に現われた。

「これからお二人を途中までお送りいたします」

弥助は言った。

「あいにくと雪模様になりましたな」

じじつ、曇った空から白い粉が落ちている。空といっても手の届きそうなところに雲がきているのだ。山頂は視界からかくれているし、谷間には雲とも霧ともつかぬものが這い下りている。

総勢は男ばかりが九人だった。いずれもこの集落の人間と見えた。

銀之助は昨夜のお文の姿を求めたが、今朝はどこにも顔を見せない。隠居が出てきたがそのそばにもいなかった。

「どうもご苦労さまです」

隠居の口が白い髯の中で笑っている。

「弥助、気をつけてお供《とも》しろ」

「へえ、かしこまりました」

河村百介も今日は山歩きの姿ながら、いつもより厳重な荷ごしらえだ。

銀之助はお文が見えないのは、昨夜の折檻のせいだと思った。銀之助の部屋に忍んできて一部の秘密を打明けたのを、この家の者にかがれたに違いない。そう思って老人の顔を見ると、柔和な面相の中に惨酷さが感じられる。

しかし、ここで一人の女を助けるわけにはいかない。かわいそうだが現在の目的のためにはしかたがなかった。

一行は出発した。

先頭に弥助と部下の若者が二人立ち、河村百介と銀之助が続き、残りの連中があとにしたがった。雪はすでに径の上に積っている。濃い霧のために見透しがきかない。乳を流したようだ。

「これでは、さっぱり山の容《かたち》が見えんのう」

百介がつぶやく。

多少不安そうな顔つきでもある。深山の山歩きは付近に見える山の容で方角の見当をつける。それが雪と雲にかくれているので、百介もすこし心配そうだ。

「なに、この辺から上はてまえどもも馴れた径でございます。そのうえ多勢でお供しておりますからご安心なさいませ」

弥助の口調はていねいである。

急な坂を登った。上に行くにしたがって、雪の厚みが深くなってくる。しばらく登って下を見ると、霧の中に雨落《あまおち》の屋根がうすぼんやりと霞んでいた。

径といっても樵夫《きこり》か炭焼きがつけた跡だから、はっきりしたものでないに違いない。それすらも雪に覆われているから、これは案内者を頼るよりほかはない。

弥助は年をとっているが元気者だ。どうかすると、若い者が負けそうになる。足の運びも早いし、しっかりとしている。ほかの同勢も弥助に統率されている恰好《かっこう》だ。

「三浦さん」

歩きながら河村百介がふり返った。

「どうだな、こういう場所を歩かれるのは？」

百介の言葉は彼をねぎらっているようにも思えるが、実は、嘲《あざけ》りと軽蔑《けいべつ》とが含まれている。江戸の者には辛抱はできまいという意味だ。

銀之助は答えずに微笑した。

ただ歩くだけではない。前途に危険と困難とが横たわっているのだ。もとよりそれだけの覚悟で登ってきたのだ。

銀之助は、昨夜のお文の言葉を思いだす。弥助をはじめ多勢《おおぜい》の連中はまず敵と見なしておかねばならぬ。うかうかすると、鈴木栄吾の二の舞になりかねない。いや、敵はそのつもりで誘っているのだ。

また河村百介も自分に秘かな敵意を持っている。銀之助はいつぞや百介の襲撃を三度までも受けている。これも忘れてはならない。

銀之助はこの中で自分が孤立しているのを自覚した。

60

いくつの山嶺《さんれい》を越したかわからない。雪はかなりの厚さで積っている。雲が低く垂れこめている。すぐ頭の上だ。相かわらず視界は利かなかった。鴉がはるか下のほうで啼《な》く。

一行は黙々と足を運んだ。先頭が弥助で、つづいて百介、銀之助、さらにつづいて雨落の若者たち五、六人という順だ。径というものはまったくない。弥助が雪の上へつけた跡がそのまま唯一の径になった。深い谷底のような所も通れば、斜面にも匍《は》いあがった。頂上に出ると、そのまま尾根に沿ってゆく。また谷底へ下りる。方向はまったく分らなかった。

銀之助は油断しなかった。しかし、山歩きは彼にとってたしかに難行だった。前後の人間が彼にとって敵だという意識もあった上、雪の積った山路には息が切れた。時折り、遠くの山の頂上が見えるが、そこには、白い噴煙のように吹雪が立っていた。

どれくらい歩いたかわからない。山中の彷徨《ほうこう》はまるで方角というものを教えなかった。いったい、炭焼きにしても、杣人《そまびと》にしても、この辺までくるものだろうか。銀之助はいよいよ油断なく眼を光らせた。

それから小半刻《とき》も進むと、あたりの景色が一ぺんに変ってくる。それまで山林だったものが岩肌の露《あら》われた景色ばかりとなる。雪は斜面をすべって下の谷間にたまっているので、かえって歩きにくい。その谷間もしだいに狭まって、両側も、前面も絶壁の岩山ばかりとなる。視界はまったく閉ざされた。

先頭の弥助が振り返った。

「河村さん、あれをごろうじろ」

弥助は指さした。

「あすこの岩角を曲ると、狸穴《たぬきあな》がありますよ」

「狸穴？」

狸穴は間歩《まぶ》の入口だ。

河村百介の顔色が変った。

「ぜひ見たい」

「ごらんになっても仕方がありませんよ。いつのことか分りませんが、誰かがあんな所で掘っていたんですね。奥もずいぶん深いようです」

「何を掘っていたんだ？」

「金ということですがね。今じゃ何も出てきません」

「おまえ、あの中に入ったことがあるか？」

「途中、入口までですがね。中は危なくて、それ以上には進めません」

「弥助」

百介は勢い込んだ。彼はぜひ見たいと言うのだ。

「お止しなさい。あんなものを見たって仕方がありませんよ」

「いや」

百介は強引《ごういん》だった。

「おれは見たい。そこまで伴れて行ってくれ」

「物好きですね」

弥助が押えようとすればするほど百介は躍起となった。

一行は岩山を上りはじめた。銀之助には百介の気持がよくわかる。現在、廃坑となっているが、それこそ信玄の遺した隠し金山だと信じたに違いない。ほかの者には役に立たない山と思われていても、百介はまだ金《きん》が残っていると思い込んでいるのだ。彼が急に火がついたようにそこへ行くことを主張したのも、かねての夢が実を結ぶかもしれないという期待からだ。

突き出た岩塊の岬《はな》をまわると、百介の口から軽い叫びがおこった。

やはり岩だらけの斜面だが、途中に人間一人がやっと入り込めそうな穴がぽっかりと口を開けている。入口には枯れた木などが生えていた。だが、まごうことなき人間の掘った穴だ。

「弥助」

百介は一同を見渡した。

「おまえたちは、ここから帰ってくれていい」

「どうなさるんで？」

「おれはあの中に入ってみる」

「危ないからお止しなさい」

「大丈夫だ。おれを何だと心得ている？　お山方《やまかた》だ。おまえたちよりも山のほうは主《ぬし》かもわからないぜ」

その眼を銀之助に向けて、

「三浦さん、あんたもわたしと一しょにここに残ってくれるか？」

「行きましょう」

銀之助は決然として言った。彼にも或る予期があった。

弥助は嘲笑《あざわら》うような顔になって、

「せっかく、河村の旦那がああおっしゃるのだ。さあ、みんな引揚げよう」

若い者に命令した。

「じゃ、旦那。お気をつけなすって」

「ご苦労だったな」

「帰り道はおわかりですか？」

「わかっている。馴れた山だ。だいたいの方角は見当がつく」

百介は大きくうなずいた。それから弥助が先頭に立って、一同が雪の谷を黒い姿になって下りて行くのを見送った。

「三浦さん、いよいよ、われわれ二人だけになりましたな」

百介の唇は嗤《わら》っているが、眼は光っている。

「あんたが言ったように、ここここそ、信玄公の隠し金山だと私は見当をつけた。あいつらは何も分っていない。わざと廃坑とみせているが、この穴の下にはまだ金が埋っていると思う。ひとつ、入ってみますか？」

「行きましょう」

百介は一同が去った方角を見送った。すでに人の影もなかった。風が山裾に雪を巻き起している。

百介は腰から下げた大きな袋を外すと、中を開けた。用意のいい男で、火打石、蠟燭、金槌まで入っている。

先に坑口に入ったのがその百介だった。彼は蠟燭に火を点《とも》して、少しずつ奥へ進んでいる。

「三浦さん、足もとに気をつけてください」

百介の声が暗い穴の中に反響した。

銀之助は用心して、百介のうしろに従った。蠟燭の淡《うす》い光りは岩壁を不気味に照らす。暗い穴はかなり奥までつづいているようだった。

百介は用心深く岩壁に摑まりながら、ゆっくりと這い進む。奥はしだいに深くなり、それにつれてようやく人間が立って歩けるような広さになった。湿った空気が暖かい。長い間放置されたためか、土がかなり溜まっている。

百介は身体を折って、土の中に手を入れて何かを探した。摑みあげたのは一個の石だった。それに蠟燭を近づけて、ためつすがめつ見ていたが、

「三浦さん」

弾んだ声で言った。

「これをみなさい。分りますか？　こいつはまぎれもなく金を含んだ鉱石《あらがね》ですよ」

銀之助はのぞいたが、むろん、彼に理解できなかった。変哲もない小石なのである。そういえば、普通の石よりは小さなつぶが光っているようにも思われる。

「さあ、行きましょう」

百介はひとりで勇気を出した。

「もう少しだ。もう少しいけば足もとのこの土もなくなってくる。なに、いまの連中は恐《こわ》がって奥へ行けなかったのだ」

入口からすでに二十間くらいは進んでいた。

「おや」

百介の足が止った。

「少し明るくなったようですな」

銀之助も奥をのぞいた。

「なるほど、かすかに光線が射しているように見える」

「おかしい」

百介はつぶやきながら進む。足もとは少しずつ下り勾配になっている。銀之助が予期したのは、もうこの辺から下に降りて行く穴が開いていることだった。金掘りはそこに丸太柱の梯子《はしご》をかけ、段々に地底に竪坑式に掘り進むのが常識だ。だがその入口が見当らない。土砂でその穴がふさがれていることもあり得るので銀之助は決して岩の壁から背中を離さなかった。

妙なことだ。確かに奥は明るくなっている。百介も首をかしげて進むと、まるで入口に逆戻りしたように外光が射し込んでいるのだった。同じところを一回りして、元の入口に帰ったとは思えない。明らかに別な出口があったのだ。何のことはない。先ほどの穴は隧道《すいどう》の入口だったのだ。

「はてな、音がする」

百介は耳を澄ました。銀之助もそれに倣《なら》ったが、たしかに奥のほうから音が聞えてくる。二人は暗い中で顔を見合せた。

「三浦さん、用心しましょう」

不気味な話だった。廃坑だと思うと実はそれが抜け穴になっていて、その奥から得体の知れない音が聞えてきているのだ。正体がわからないだけに二人の神経はとがった。

それからも気をつけながら少しずつ進んだ。

すると、奥から聞えていた物音が切れたように止んだ。これもかえって二人を脅《おびや》かした。

百介も、銀之助も、そこに石のようになった。耳だけに全身の神経を集めた。

音は聞えない。空耳と錯覚しそうだったくらいである。

だが、まだ警戒をやめなかった。ようやく百介が動き出したのは、完全に沈黙の世界しかないと見極めてからである。

百介は先に進んだ。

やはり抜け穴だったのだ。しかし、新しく立った場所に気づいて、二人とも愕然となった。ここはまるで石で囲まれた井戸の底のようなものだった。四方とも見上げるような断崖にかこまれている。

しかし、河村百介は新しいものを発見して顔色を変えた。彼は無言のまま岩壁の前に突き進むと、枯れた雑草を押しのけた。雪は急な斜面のためにそこには残っていない。百介が狂気のようになって草をのけると、ぽっかりと新しい狸穴が開いた。これも人ひとりがやっと入れそうな坑口だった。

「やっぱりここだった」

百介は肩で息を切らしている。

「今度こそ間違いはない。この岩に刻んだノミの痕といい、中の掘鑿《くつさく》の状態といい、まさに甲州流の金掘りだ」

百介はもう銀之助に言葉をかけなかった。彼は一人で獣のようにその暗い坑《あな》の中に潜りこんだ。銀之助もそのあとにつづいた。

百介のともした蠟燭の灯が暗い坑の中に進んでゆく。湿気と妙な温かさとが坑の空気を支配していた。

しばらく行くと、その坑道は別の枝道にわかれていた。蠟燭の灯を照らすまでもなく、この道はすぐ前面が壁にふさがれている。方向はこの枝道を行くのが本当らしい。

「三浦さん」

角を曲って百介が言った。

「あんたはここから帰ってくれ」

激しい口調だった。

「どうしてですか、河村さん？」

百介の笑いが坑道に響いた。

「どうしてもないものだ。今度こそおれは金鉱を見つけたのだ。見ろ」

百介は足の下から石を拾い上げて蠟燭にかざした。

「これこそ本当の金を含んだ鉱石だ。おれの探していたものだ。これでやっとおれの自由が叶えられる。おれはこれを持ち出して江戸に逃げ帰るのだ。金があれば、どこにでも生きていられる。贅沢《ぜいたく》をしてな。この坑こそ信玄の隠し金山だ。さすがによくも場所をえらんだものだ。これではだれが探しても分りはしない。だが、永い間おれが山歩きをして、やっと目的を果した」

百介は独りでしゃべった。

「あんたにはこの山の精気がわからぬか？　これこそ金山の持っている独特な精気

だ。銀之助、帰れ」

「帰らぬな」

銀之助は答えた。

「そうくるだろうと思った。きさまはおれにとって邪魔者だ。とっくから殺してやろうと思っていた」

河村百介は髪を乱し、眼を血走らせていた。銀之助が対手の刀を警戒して、じりじりと彼のそばに近づいた。

「河村さん」

「何だ？」

「こんな所に金《きん》などありはしない。あんたは迷っているのだ」

「いや、だまされぬ。だまされてたまるか。さあ、くたばってしまえ」

百介は手に持った蠟燭を銀之助に投げつけた。暗い中で刀を抜こうとして、その場所をえらぶために銀之助がうしろへ退《すさ》った瞬間である。

狭い坑内に大きな音が起った。百介が短く叫んだ。その声と一しょに百介の身体は地底に落下した。石と土砂とが雨のように上から下に降りそそいでいる。鈍い音が新しく出来た穴の下からつづいていた。

銀之助は暗い中で燧石《ひうちいし》を打った。百介の投げた蠟燭を手探りでひろい、灯をつけた。

彼は穴の中をのぞいた。深くて蠟燭の光は下まで届かない。

「河村さん」

彼は下に向かって叫んだ。応答はなかった。このとき、またうすい光線を銀之助の眼は感じた。うすい光は穴の下の外から入り込んでいるようにみえる。

銀之助は新しい石を一つ下に落した。音の反響で深さがわかる。彼は大急ぎでその辺の土をかき集めて穴へむかって投げ落した。さきほど百介が転落したときに崩れた土砂と、そのあとに落した土とで、銀之助に自信ができた。彼は深い穴を目がけて飛び降りた。

身体に叩きつけられたような衝撃を受けたが、起ち上れないことはなかった。彼は土の中から匍《は》いだした。

新しい位置からまた外光が望まれた。銀之助が見ると、百介の姿がない。彼もまだその光を目当てに進んで行ったに違いなかった。銀之助はあとを追った。坑道は屈折している。光は曲った方向から射し込んでいるのだ。匍《は》うようにして進んで、ようやく角にきたときだった。

銀之助が自分の眼をうたぐった。

河村百介が顔中血だらけになって動かないでいるのだ。一目で死んでいることが分った。

それだけではなかった。銀之助の知らない女が——女とわかったのは、その髪の長いことからだったが、着ているものがぼろぼろになっている——これが銀之助を見ると、手に持った大きな石で身を構えた。

「またきたね」

女が言った。

「おまえは、このケダモノの同類かえ？」

61

銀之助は、眼前に立っている女を知らなかった。髪を振り乱し、真黒い顔に眼だけを光らせ、こちらを睨みすえている。

銀之助には事態がよくわからなかった。わかっていることは、この女が河村百介を石で殴り殺していることだ。百介の死体は眼や口から血を出している。

「わたしは、この男の同類ではない」

銀之助は言った。

「では、何だね？」

女はそう言いながら銀之助をのぞき込むようにした。光っている眼がこのとき驚愕に変った。彼女の手から石が落ちた。

「あなたは」

と女が絶叫した。

「三浦さまではありませぬか？」

銀之助が呆然とした。

この猿のように黒い皮膚をした女が自分を知っている。

「わたくしです。おわかりになりませぬか？　お蔦《つた》です」

「お蔦？」

銀之助はあっと思って眼を凝《こ》らした。

髪は乱れ、真黒い顔になっているが、そこに彼の記憶にある女の面影を見出すことができた。

「おう、おまえは両国の……」

銀之助は叫んだ。

「はいお蔦です。三浦さま」

女は銀之助に跳びかかってくると、その肩や腕にしがみつき、声を出して泣いた。

これはいったいどうしたことか。ここに両国のお蔦がいるとは信じられなかった。

だが、銀之助は、お蔦と恋仲だった栄吾のことを考えると、今ここにいる彼女の背後に何者かがいるのを直感した。

「お蔦」

銀之助は喚いた。

「栄吾は生きているのか？」

お蔦が泪《なみだ》のあふれた顔を上げた。

「栄吾さまは生きていらっしゃいます」

「どこだ？」

「ご案内します」

お蔦は言った。

「けれど、銀之助さま。栄吾さまは昔の姿ではありませぬ」

「何っ？」

「あなたさまがお会いになっても、栄吾さまはあなたさまのお姿をごらんになることができませぬ」

「どういうのだ？」

「両眼はつぶれております。おおどろきにならないで下さい。この山中の信玄の隠し金山を守っている台里の武田の残党のために両眼をくりぬかれています」

銀之助はあとの声が出なかった。

「おまえは、どうして、その栄吾をここに尋ね当てたのか？」

「台里の者がわたくしをここにつれてきてくれたのです。ここに死んでいる河村のためにわたくしは崖から突き落とされ、谷底に仆《たお》れておりました。そこを助けてくれたのが台里の村の者で、わたくしが栄吾さまを慕って村にきているのを知っているものですから、ここまで運んできたのです」

「なぜ、おまえは栄吾をこの山からつれ出さぬのか？」

「銀之助さま、ごらんくださいませ」

お蔦は銀之助の前を歩いた。そのうしろ姿を見ると、これがかつて両国で男の心を捉えた女とは夢にも想像できない哀れな恰好だった。

お蔦は両方から迫った斜面の間を奥へむかった。

一つの岩角を曲ると、女は振り返って正面を指さした。そこには狸穴がぽっかりと黒い穴を開けている。やはり廃坑の一つだった。

「あの中です」

銀之助は走り寄った。が、穴の近くまできて、彼の身体ははじき返った。初めてそこに鉄格子が嵌《は》められてあるのに気づいた。格子は岩の間にがっちりと深く嵌まりこんでいる。

が、彼の耳はすぐに別な声を聞いた。それは動物の低い唸《うな》り声に似ていた。銀之助は穴の中をさしのぞき、思わず眼をそむけた。

人間が横たわっている。たしかに鈴木栄吾だった。が、その顔はどうだろう。お蔦に教えられなかったら、とても栄吾とは識別できなかった。顔色は土色になり、もとは豊かだった頬は殺《そ》げ落ち、顴骨《ほおぼね》だけがとがっていた。いや、それだけではない。両眼は黒い穴が開いたようにえぐり取られていた。

「栄吾」

銀之助は鉄格子につかまり絶叫した。

鈴木栄吾は暗い中で顔を動かした。穴の奥は坑道になっていて、かなり深いらしいが、栄吾はできるだけ外の光を浴びるつもりか、格子のすぐ横に寝ている。そこで初めて気づいたのだが、彼の身体の上にはお蔦の着ていた物が掛けられてあった。着物の色はほとんど定めのつかないくらい汚れているが、すこしでも男の身体を暖めようとする女の心尽しが見られた。それだけではなく、栄吾の頭のあたりには木の実や稗《ひえ》、粟などがおかれてある。

「わたくしがこない間は」

とお蔦は言った。

「雨落の者が栄吾さまに食べ物を運んできていましたが、今はわたくしがいっさいお世話申しています。銀之助さま、ごらんください」

お蔦は別の岩を見せた。

そこにも狸穴があったが、お蔦の住居だということは一目で分る。栄吾と同じように、藁や枯草が敷かれてあった。

「あの鉄格子があるために、栄吾さまには近づくことができないのです」

お蔦は悲しそうに言った。

「わたくしは初め、あの鉄格子を抜こうと、どんなに一生懸命になったかわかりません。でも、女の力ではどうすることもできないんです。わたくしは諦めました。そして、栄吾さまがああして生きていらっしゃるかぎり、わたくしもここでお世話しようと決心したんです」

「こちらの穴は、坑道の奥でつながっていないのか」

「それだと、わたくしもどんなに嬉しいかわかりません。けれど、この二つの掘跡は厚い壁になっています。ですから、一生こうして格子の外からお世話するだけです。でも、わたくしはそれでも嬉しいんです。もう、この世にないものと思っていた栄吾さんが、こうして生きていらっしゃるし、そのお傍近くで女房のようにお世話できるんですから。わたくしは夫婦だと思っています。かえって、このほうが仕合せです」

二人の会話を聞いているのかどうか、栄吾はうつろな顔をしてじっと仰向いている。

「栄吾」

銀之助は叫んだ。

「わかるか？　銀之助だ」

さきほども声をかけたのだが、栄吾の返辞はなかった。今度も反応がない。ただ死んだようにじっとしているだけである。

「いま呼んでも無駄です」

とお蔦は言った。

「栄吾さまは耳まで聞えなくなりました。人の声がすぐには分らないんです」

「それでは……」

「そうなんです。命があるというだけです」

「しかし、あんたの声はわかるのかな？」

「わたくしも初めはわからないようでした。でも、間もなくわたくしの声だけは通じるようになりました。ただ、はっきりとはわからないらしく、今でもわたくしだとわかっているかどうかわかりません」

銀之助は吐息をついた。こんな悲惨な人間の姿を見たことがない。ここに台里の村の残忍な復讐があった。公儀から差向けた密偵にたいする仕返しだった。

「雨落の者は、ときどき、ここに見回りにくるのか？」

「はい、ひと月に二度ぐらいです」

「どうするのだ？」

「粟や稗などを持ってきてくれます。それはあの人たちの情けではなく、いつまでも栄吾さまを苦しめようというつもりからです」

銀之助は、かつて台里の村の裏山で家を焼かれ、首を樹の枝に吊るされた炭焼夫婦のことを思い出す。その残酷性は、栄吾の処置についても共通していた。

「よし」

銀之助は言った。

「これからおまえと力を合せて栄吾を救い出そう」

「どうなさるんです？」

「鉄格子を岩から抜くのだ」

「とてもできることではありませんわ」

「なに、人間が一心をこめてやれば、できないことでも出来るはずだ。お蔦、何日かかっても構わない。こつこつと鉄格子のはまった岩を砕いてゆくのだ。女のおまえが一人でできなかったことでも、わたしと力を合せれば何とかなる」

「銀之助さま。でも、そのあと、どうしてこんな身体になった栄吾さまを無事に山から下ろすのですか？　途中でかならず台里の村の人たちの襲撃を受けるに決っています」

「今はそれを考えまい。考えるのは、眼の前にはまっている鉄格子を取ることだ、いいな、お蔦」

銀之助は、その辺に落ちている なるべく固い石を手に握った。

銀之助がその固い石をつかんで鉄格子の縁に進んだときだった。

俄に上のほうからどっと哄笑が降ってきた。声は銀之助をぎょっとさせ、眼を上げさせた。

銀之助のいる場所は深い谷底の下だったが、見上げると、その絶壁の上に人影が七、八人も立っている。先ほど別れた雨落の人間だとすぐに知れた。先頭に立っているのが老人の弥助だった。声も弥助のものが先に落ちてきた。

「無駄なことをなさるな。その石で鉄格子が抜けると思われるか?」

銀之助は仰向いたまま凝然となった。

「気の毒だが、おまえさんもそこに閉じ込められたまま一生を終るのじゃ」

弥助は上から叫んだ。

「もっとも、おまえさんの一生が一年か半年かは分らないがな。命のもてる間だ」

「卑怯な!」

銀之助は言った。

「こちらへ降りてこい」

「われわれからは上ってこいと言いたい。だが、攀《よ》じのぼるにもこの絶壁じゃ。手をかける所もあるまい。さりとて、元に戻ろうにも、気の毒ながら穴は大きな石でがっちりと塞いでいる。もう、帰れぬものと諦めなされ」

「卑怯な！」

「卑怯はそちらのほうじゃ。われらが先祖が守りつづけていた山を荒しに来たおまえ方じゃ。そこに眼玉をくりぬかれている男は、この山の秘密を探ろうとしてひと目金《きん》の在所《ありか》を見たので、二度とその眼を開かさないためにえぐり取ってやったのだ。貴公はまだ金《きん》までは見ていないので、そのままにしておく」

「降りてこい」

「だが、命はみずから亡ぶものと考えなされ。そこにいる女も同断だ。栄吾の身を気づかってわざわざ江戸からきたという殊勝な心根に賞《め》でて、そばに置いてやっている。だがな、食糧は今までも栄吾一人分しか運んでいない。女がきてそれを食いつないだのだが、とてものことに貴公一人がふえては足りるものではない。三人では無理じゃ。これから、貴公たちの敵は飢餓だと思いなされ」

嗤《わら》いがそのあとに起こった。

「ここから大きな石を投げ下ろして、貴公たちを蟻のように圧し潰すのはいと易いことじゃ。だがな、それでは曲《きょく》がのうて面白味が足りない。われらは、おまえたちが干乾《ひぼ》しになり、骨と皮になって苦しむ姿を見物したいのだ。わっはっはっは」

弥助の嗄《しわが》れた声が揚がると、またもほかの者がどっと哄笑を合せた。

その声は谷間に響き、谺《こだま》となって伝わった。銀之助の位置から見ると、彼らのいる場所が逆に蒼い空の穴となっている。

銀之助は自分の無力を覚《さと》った。深い穴の底に落された虫になったと思った。この絶壁を登ることの許されない虫だった。ただ、真上にひろがっている蒼い空間に白雲だけが自由に動いていた。

このとき、にわかに巌上の人影に乱れが起こった。それまでは、全部がこちらを見下ろして喚きつづけていたのだが、ふいと、その中の一人がうしろを向いた。それがきっかけだった。すべての顔は背後を振り返り、それから身体まで向き直った。

何かが起ったのだ。

銀之助は期待した。

まさにその通りになった。銃声が轟いた。ここにいても腹の底に響くような炸裂音だった。一人が仰向けに仆《たお》れた。弥助をはじめ若者たちの態勢が崩れた。

銀之助は江戸から助勢が到着したことを知った。銃声も猟銃に違いない。

それが二、三発響くと、崖の上から石のように転がって銀之助の眼の前に潰れた男がいる。

「あ」

お蔦が崖の縁に寄ってその顔をしげしげと眺めていたが、

「この男……」

と憎々しそうに弥助の死顔を眺めた。お蔦にとって忘れることのできない憎悪の対象だ。

「助かったぞ」

銀之助はお蔦に言った。

「いま、江戸から人数が来てくれたのだ。お蔦、栄吾も江戸につれて帰れる」

そう言った瞬間、銀之助の頭には幸江の憂顔が横切った。

「お蔦」

銀之助は言葉をつづけた。

「栄吾はこのとおりの身体だ。江戸から離れた所に、二人でひっそりと暮すがよい」

「はい」

お蔦は鉄格子に走り寄ると、うれしそうに叫んだ。

「栄吾さま」

その栄吾は相変らず無表情で横たわっている。えぐられた眼窩《がんか》が黒い穴のように二つあいていた。お蔦は名を呼びながら鉄格子を必死に揺すっていた。

解説

山前《やままえ》　譲《ゆずる》
（推理小説研究家）

光文社文庫の〈松本清張プレミアム・ミステリー〉に『鬼火の町』、『紅刷り江戸噂』、『彩色江戸切絵図』と江戸時代を背景にした作品が加わった。それらで松本作品の新たな魅力を知ることになっただろうが、本書『異変街道』は江戸と甲州を結んで、まさに迷宮に足を踏み入れたようなミステリアスな物語が展開されている。

旗本の三浦銀之助は妙な話を耳にした。死んだはずの親友の鈴木栄吾が生きているというのだ。栄吾は半年前、甲府勤番となって赴任したのだが、甲府の役宅で病死したと公報があった。もっとも遺骸は彼の地で埋葬され、父親の鈴木弥九郎のもとに届いたのは遺髪だけである。

その弥九郎宅に両国で水茶屋の亭主をしている与兵衛が訪ねてくる。なんでも身延山をお参りした際、山中で道に迷ったところを栄吾に助けられたので、その礼に出向いたのだという。応対したのは若党の六助だったが、どうも話がかみ合わない。

確認してみると、与兵衛が栄吾と会ったのは病死したとされている日の後なのだ。その話を確かめようと銀之助は両国へ向かい、与兵衛の茶屋を探す。するとなんと与兵衛が昨夜殺されたというのだ。驚く銀之助に声をかけてきたのが、岡っ引の常吉である。彼から事件のあらましを聞き出した銀之助は、ますます親友の死に疑念を抱く。

常吉は手先を駆使して下手人の探索を行う。仏のようだと言われていた与兵衛に、殺されるような事情はなさそうである。やはり鈴木栄吾に係わりがあると思うのだった。そして怪しい人物の足取りを追っているなかで、甲府勤番支配の別荘に目を付ける常吉である。

『異変街道』は一九六〇年十月二十三日から翌一九六一年十二月二十四日まで「週刊現代」に連載された。連載に先立って以下のような「作者の言葉」が掲載されている（「週刊現代」一九六〇・十・十六）。

久し振りの時代小説である。

ここ二、三年、私は主に現代小説や推理小説を書いてきた。元々、私は、はじめの頃、歴史小説・時代小説を書いていたが、今度はしばらく振りに自分のホーム・グラウンドに帰ったような気がする。

とは云っても、時代小説はむずかしい。何度書いてもむずかしい。ただ、作家というのは、新しいものに絶えず意欲を起すものだから、しばらく振りの時代小説に新鮮な気持になっている。これが創作の原動力となって、成功したいと祈っている。

内容にはあまり触れないほうがいいかと思う。読者も何の予見も無しにいきなり第一回から当って頂きたいと思う。


一九五八年刊の『点と線』や『眼の壁』以降の、いわゆる社会派推理の時代においても、一九五八年から五九年にかけて「東京新聞」に『かげろう絵図』を、一九五九年には「週刊現代」に『雲を呼ぶ』(刊行時『火の縄』と改題)を連載している。しかし作者自身は、創作活動に偏りを感じていたようだ。

甲府は武田信玄の父信虎が開いた。その甲府を中心に甲州は発展していくが、信玄亡き後、紆余曲折あって幕府直轄となり、享保年間に甲府勤番が設けられた。信玄以来の要害の地であり、江戸城の最後の拠点として重要視したからである。

長である甲府勤番支配は三千石、老中の支配下にあり江戸幕府での出世コースだった。だから甲府勤番に赴く、すなわち甲府城の警護の役目を担うというのは旗本や御家人にとって名誉なことに思えそうだが、実際はいわば左遷なのだ。手に負えない道楽者が任じられ、ほとんど生きて再び江戸に帰る日は来ないのである。島流し同様だった。

だが、銀之助は栄吾が甲府勤番になった経緯に疑問を抱く。突然道楽に興じはじめたからだ。そして彼の不可解な死――銀之助は身体の加減が悪いと役目を休み、密かに甲州街道を下った。甲府に着くと、湯治に来たと言って栄吾の行動を探っていくのである。

一方常吉は与兵衛殺しの下手人を突き止めたものの、すでに死人となっていた。徐々に手掛かりが集まってくる。ところがもう探索はするなと圧力がかかるのだ。彼の視線もまた甲州へと向けられる。そして栄吾とわりない仲の女たちも……。

変わった絵馬がそこかしこに現れ、まさに謎が謎を呼ぶ展開のこの『異変街道』には、原型と言える短編がある。一九五七年に発表された「甲府在番」だ（光文社文庫『鬼畜』に収録）。

旗本小普請組二百五十石伊谷求馬は、兄伊織の病死のあとをうけて家督を継ぐと、兄同様、甲府勤番を命ぜられる。兄は不行跡の廉によって甲府在住となった。だが求馬がそれまで継ぐ必要はないのだ。なぜ？　甲府へ行くとじつは伊織は消息不明であることが分かる。どこに行った？　兄の「死」の真相を求めて、求馬は信玄の隠し湯のひとつとして知られる湯治場へと向う。甲府勤番の日常が『異変街道』よりも細かく描かれているのが興味深い。

視点は違うものの、構成としてはこの「甲府在番」のロングバージョンが『異変街道』と言える。そしてともに、その死からかなり年月を経ているのに戦国武将の武田信玄の影がそこかしこに見え隠れする。

『乱雲』（一九五八）や『信玄戦旗』（一九八七）といった長編など、松本作品では武田信玄がさまざまな視点から描かれていた。川中島での上杉謙信との対決で知られる有名な戦国大名には、そして支配地であるさまざまな伝説が伝えられている甲州には、やはり作家として興味をそそられたのだろう。

『異変街道』は一九八六年四月、講談社ノベルスとして上下本で刊行された。また、講談社文庫（一九八九・十一）からも上下本で刊行されている。講談社ノベルス版には以下のような「著者のことば」が添えられていた。

ノルマンディの東部に、ジゾール城という密教的な八角形の天守閣をもつ中世の古城がある。これぞ巨大な富をたくわえたために、フランス国王にその横領の目的でほろぼされたテンプル十字軍騎士団の本拠の一つ。騎士団は財宝の残りをこの城の地下深く隠匿し、一党の子孫が団結して代々これをこっそりと守護してきたという。――これはそのまま山深い甲州の神秘境の伝綺物語につながる。

ちょっと違和感があるかもしれない。だが、一九八四年から一九八六年にかけて、松本作品では『熱い絹』、『聖獣配列』、『霧の会議』といった、海外を舞台にしたグローバルな長編の連載が目立っていたのである。そうした創作姿勢があってこの「著者のことば」になったのだろう。

そして時は流れ、一九九二年一月から「江戸綺談　甲州霊嶽党」と題された長編の連載が「週刊新潮」で始まった。主人公は平賀源内だ。身延山中での失踪事件の探索が甲州の隠し金山に結びつき、時の権力者である田沼意次へと……。しかしこの長編は、その年の八月四日の作者の死によって中絶してしまうのである。甲州への松本氏の強い関心がその創作活動の随所から窺えただけに、タイトルからしてそそられる「江戸綺談　甲州霊嶽党」が未完成に終わったのは惜しまれる。

しだいに事件の黒幕が明らかになり、怪しげな集落によって伝奇性が高まっていく『異変街道』だが、松本作品らしい旅情もたっぷり漂っている。風光明媚な甲州街道の旅路、下部温泉などの鄙《ひな》びた湯治場、信仰の場となっている身延山などの描写には引き込まれていくに違いない。

しかし、ラストはじつに凄絶だ。松本作品のなかでも異色の展開と言えるのではないだろうか。そして、欲望と策謀が入り乱れるなかで燃え上がる女の情念もまた、この作品を印象深いものにしている。

一九八九年十一月　講談社文庫刊

※本作は、江戸時代を舞台にした物語です。本文中に「気ちげえのように」「気狂いのように」など精神障害に関する不快・不適切とされる記述、比喩表現も含まれています。

しかしながら編集部では、本作が成立した一九六〇～六一年当時の時代背景、および作者がすでに故人であることを考慮した上で、これらの表現についても底本のままとしました。それが今日ある人権侵害や差別問題を考える手がかりになり、ひいては作品の歴史的価値および文学的価値を尊重することにつながると判断したものです。差別の助長を意図するものではないということを、ご理解ください。

【編集部】

光文社文庫

異《い》変《へん》街《かい》道《どう》（下）　松本清張《まつもとせいちょう》プレミアム・ミステリー
著者　松《まつ》本《もと》清《せい》張《ちょう》

2024年2月20日　初版1刷発行

発行者　三宅貴久
印刷　堀内印刷
製本　フォーネット社

発行所　株式会社　光文社
〒112-8011　東京都文京区音羽1-16-6
電話（03）5395-8147　編集部
8116　書籍販売部
8125　業務部

ISBN978-4-334-10214-2　Printed in Japan

組版　萩原印刷